主编 凌翔

当代作家精品·诗歌卷

木棉花开的春天

高霞 著

天津出版传媒集团

天津人民出版社

图书在版编目 (CIP) 数据

木棉花开的春天 / 高霞著 . -- 天津：天津人民出
版社，2022.8
（当代作家精品 / 凌翔主编 . 诗歌卷）
ISBN 978-7-201-18350-3

Ⅰ.①木… Ⅱ.①高… Ⅲ.①诗集—中国—当代
Ⅳ.①I227

中国版本图书馆 CIP 数据核字（2022）第 063477 号

木棉花开的春天
MUMIAN HUAKAI DE CHUNTIAN

出　　版　天津人民出版社
出 版 人　刘　庆
地　　址　天津市和平区西康路 35 号康岳大厦
邮政编码　300051
邮购电话　（022）23332469
电子信箱　reader@tjrmcbs.com

责任编辑　岳　勇
封面设计　陈　姝
主编邮箱　jfjb-lx2007@163.com

印　　刷　三河市金元印装有限公司
经　　销　新华书店
开　　本　710 毫米 ×1000 毫米　1/16
印　　张　15
字　　数　200 千字
版次印次　2022 年 8 月第 1 版　2022 年 8 月第 1 次印刷
定　　价　69.80 元

雏凤清于老凤声
——序高霞诗集《木棉花开的春天》

高霞是海南省于近年崭露头角的一位女诗人，进步很快，目前创作势头也很猛。近期又有第二本诗集《木棉花开的春天》即将出版，嘱我作序。

因我曾做过首发她作品的编辑，算是与她的创作有些关联。我虽不是诗人，也不是著名的评论家，但写这样一个小序，不算唐突，所以恭敬不如从命，写出了如下的文字。

高霞是海南万宁人，生长于这片乡土。当初看到她的作品，第一感觉，就是具有浓郁的乡情。斯土斯民，她怀有爱意，寄有深情，发乎于衷，便是她的诗。

高霞由初学者起步的时间不长，作品整体水平不能说尽善尽美，但我认为，首先，高霞的作品是真正的诗。

吾国新诗，自朦胧派之后，逐渐失去可以比较高下的公允标准。当一批诗歌作品呈现于读者眼前时，孰高孰低，简直没有任何评价标准了，连最基本的共识都没有，无非是华山论剑，各誉其美。

然而与所有的文艺作品一样，诗歌水平不可能没有高下之分。即便是对待风格前卫如金斯堡者，那也是有评判标准的。初学者与大师，中间的距离，大部分读者还是一眼就能看得出的，无须什么玄虚理论。

我已几乎四十年不读新诗了（有三个月除外），也不关心其动向，但是早年为"文青"时，读过从胡适《两只蝴蝶》起、至朦胧诗派杨炼为止的所有经典之作，不仅揣摩再三，还关注过当时的诗歌理论，也研读过贺拉斯《诗学》以下的一些美学经典，屠龙术不能说全丢完了。我觉得，中国新诗，起码一直到杨炼为止，诗和诗之间，还是可以比较的。就如同翻开一本《唐诗选》，虽然浩如烟海，其中李杜的高标超拔，还是一眼就能分辨得出的。

如今的评价标准，则不好说了。有时候，甚至可以见到"就是好"的强硬逻辑冒出来。这个，长江后浪猛烈，也只能随它去。

我老矣，还是坚持，新诗既已失去"韵律"的要求，那么要成为"诗"，就必须符合三个条件：

一是要有深情，要有真情实感，或欣悦，或痛苦，总之要有感而发。不能硬挤，不能倚靠堆砌新奇词语来撑门面。

二是要有哲理含义，即所谓"文以载道"，且要很巧妙。以譬喻、意象和抒情来表现，不能直接说。

三是文字要"润"。诗人，说穿了，就是摆弄文字的人。新诗大概最多不过涵盖七百至一千个汉字，足够妙笔生花了。但如何能生花？这才是功夫。花团锦簇也可以，朴素而旧词新用也可以，这是诗人的基本功。其实这一点，才是新诗的命脉。新诗寿命已有百年多了，能不能延续下去，重新争取到比古体诗还多的读者，诗人在文字上的功夫，是一定要下的。

说到高霞的诗，我觉得起码是符合了以上的两个条件。

首先是情真意笃。她的诗作中，赞美故乡、儿时、亲情的分量很重。有些常情，化而为诗，却并不觉得平淡，而只觉得温暖。甚至仅从诗的标题看，某种寄托与情怀就跃然而出，比如《走，芳园村去》《暖阳从脚尖升起》《我沦陷在一抹百合花香里》《荼蘼谢了，春又来》，等等。

以乡情而论，在她作品中比比皆是，皆是忍不住的流露。比如《新年第一咖》这一首，听咖啡师的讲座，其感觉，联想到了爷爷、奶奶和故园。以浓郁香气，来喻亲情的环绕，这是有农家的文化基因在。不做居高临下之状，也不是空洞的怜悯，是自然生发的血脉感。

再如《我所深爱的南方啊》这一首，简短而炽烈，这里忍不住要将它整首引用如下：

我所艳美的北方啊

雪花飘飞，梅桃李菊，四时不同

但它们与我无关

没有惦念

我所深爱的南方啊

在天之涯、海之角

水草丰满，花木欣荣

还有我的爹娘

短，几句就戛然而止。其所欲言，是在"还有我的爹娘"一句背后，隐含而丰富。

我觉得，中国新诗，如果出路很窄，不妨回到真情上来，不要挖空心思去做技巧探索的盲试。有些未经严格文字训练的初学者，可能是无知而无畏，在糟蹋现代汉语方面，也真够可以，一点儿也不心疼。

新诗，若不想毁灭，就要像高霞这样，首先以情取胜。一个诗人，如果连真情都没有，满脑子世俗钻营，这种心态，与作诗的灵性是悖反的，如何还能有好诗？"功夫在诗外"的机诈和审美缺失的滥评，都救不了新诗。

诗只能自救。

高霞饱含深情的作品，在她的第一部诗集《我在家乡等你》里，就十分特出。读者能明显感觉到"五四"以后新诗的纯正之风，在技巧上，也明显吸取了当代朦胧诗、翻译诗的风格。她以情取胜的大量诗作，并不显得陈旧；而是在一片无标准的喧嚣中，流露出一种难能可贵的镇定。

高霞在海南诗人中脱颖而出，不是偶然的。她的创作理念，有一种当代诗歌中已经比较少见的抒情。返璞归真，所以超出，这也符合传统的老子学说。

高霞作品的第二个优长，是文字温润。

诗，首先就是文字的艺术。较之小说、散文，诗在搭建结构、观察事物方面，下的功夫可能要少些；但在字斟句酌上，是必须完成之任务。

在我的视界中，有太多从一贯写通讯报道、写散文转行过来写诗的，果然是找到了捷径。顾城、海子搭了命才换回的一个"诗人"头衔，有一批人转瞬可取。但是"尾巴"仍在，许多散文化、过分直白化、缺少韵律感、缺少基本的文字美感，甚至语句不通的作品，在在可见，绝非一两例。

由于现在越发"诗无达诂"了，这些严格说应是在水准线下的作品，在评论家"就是好"的拉拽下，俨然成了正宗。

那么诗要自戕，也没办法。真正的好诗传统，尤其唐诗以来注重文字和韵律美、注重奇特联想的传统，不可能在新诗百年之际，被作者和读者完全抛弃。我们民族的诗歌审美，自从幼时学歌谣时起，自从读了第一首唐诗时起，若不讲究文字美、不要求比喻新奇，那是不可能的。

高霞的作品，文字上就比较慎重，不轻率，可以看出是下了功夫斟酌的，有明显的古典诗词美，也有现代诗的律动感。

诗，要有汉字的审美特征，不能直接照搬翻译诗。如果说，单纯像翻译诗的就是好作品，那等于现代新诗失了血，苍白无足观。因为"翻译诗"就文体上说，很难说就是外国文学精髓。中国诗人学翻译作品的诗风，就好比译制片的配音说外国话，其实外国人也并非那么说话。

高霞诗歌的文字锤炼水平，在本省可属一流。在我短暂的本地诗刊编辑工作中，考察过几乎所有能搜罗到的诗作者的作品，在所谓圈子内，文字功夫可超越她的，仅三五个本地诗人，可惜大多名气并不特别响亮。

在这本诗集中，如下的诗句就很令人惊喜，可圈可点。比如联想之贴切：

> 天空素白，大地素净
> 雪落的声音是天使降临
> 天使的羽翼轻盈如许
> 许你有粥可温
> 有衣可暖
> 有梦可圆

还有，联想奇特而又在情理之中：

> 生命是多么地慌慌张张
> 以至于，错过了日升日落
> 花开花谢

更奇特的还有：

> 这冻土里的枯枝

也在等一枝桃花来营救

言已止，意未尽，这才是诗人最高的功夫。总之，诗不是堆砌出来的，不是直说出来的；诗是词语艺术，是一门表达的艺术。

要指出，高霞的作品，在哲理方面还欠深度，尚待加倍努力。比如：

我开始理解冬天的苦痛

以及它的沉默

此类深沉的表达，在她的作品中，只嫌其少，不嫌其多。这方面，是需要大量无体裁区别的阅读，方能解决的。

最后再说说：一个诗人，要有起码的公平正义感。我所认识的高霞，就是一位有"侠气"的女诗人，在道义担当上胜过一些男人。这一点，无关乎诗，其实也大有关乎诗，这里就不赘述了。

"桐花万里丹山路，雏凤清于老凤声"。高霞从一个业余爱好者起步，迅速成长为一位在本地极有名气、在外省大刊上也频频发作品的女诗人，是海南之福，也是海南惯有的文学奇迹之再次体现。

我祝福这片文学高度发达的土地。

是为序。

清秋子

2021 年 3 月 29 日于海口湾

清秋子，著名作家，自由撰稿人。祖籍江苏宜兴，1952 年出生于重庆，幼年随父母移居长春。早年下乡插队八年，毕业于东北师范大学中文系。现为中国作家协会会员，客居海南，专事独立写作，以"底层文学"揭示都市"鼠族"生活真相而闻名，继之在人物传记创作上独树一帜。代表作有《百年心事——卢作孚传》、《国士——牟宜之传》、《我是北京地老鼠》(入选国家新闻出版总署"三个一百"原创图书)、《我是老三届》、《明朝出了个张居正》、《魏忠贤：八千女鬼乱明朝》、《武则天：从尼姑到女皇的政治博弈》、《爱恨倾城小团圆——张爱玲的私人生活史》，长篇系列历史小说《汉家天下》等。

目 录

第二辑　庚子年的春天

第三辑　多彩万宁，发现之旅

第一辑　辛丑年的春天

美人罢画化芳丛　妆带楚妆
尽付春心香棋吐　枝枝娇艳秀江东
盡付春心香棋吐
楚帐烟销盡雲煙　乌江过尚存残梦
今生抛却薄情郎　旧梦醒来艳依滠

翠凌红

虞姬梦　摹千盦于庚子年六月十四

走，芳园村去

新年，乡村
我自近郊来，潜入村庄
乡音、乡情、乡愁肿胀
需要一根火苗点燃胸腔
走，芳园村去

捕捉诗歌的意境
灵动的词汇、华丽的篇章
不如捕捉眼前的你
站在村口便豁然开朗
便萌发了乡愁

村庄，承载着不老的情怀
离去、回来，离去、回来
一天也没有停止过
宁静、安详、幸福
——富裕的梦想

贫瘠的土地种植变革之花
种植希望，也种植我

种植熟稔的稻香

以及甘醇的美酒

我抓一朵云彩，擦拭天空

擦拭乡间小道，从村口向村外

从村外向村口

迎接你

来吧，朋友

来赏村口绿树掩护的新居

来品千家瓜果映衬的门庭

晚霞满荷塘

明月挂眉梢

乡村一旦有了月、有了你

便有了诗魂

走，芳园村去

端坐古戏台

品十八相送

2021年元日郊游芳园村偶得

品读： 中国曾是一个宗法制思想深重的国家，自古以来传统的宗族观念都是以家长制为核心、以血缘关系为纽带。梁启超先生曾总结:"中国古代的政治是家族本位的政治。"这种在中国历史上存在了数千年的宗族制度,其根本是寄身于传统的农业经济体系之中、依托于农耕生产方式而存在。就是说中国人不管是在哪个国家、哪个地区,不管是在繁华的都市生活过几辈人,他们的根都源自农耕文化的乡土。虽然他们都有各自的家乡不同的乡音,但在举家团圆之日又有着一样的乡情乡愁。子规叫断黄昏后,却忆乡情染露痕。乡情浓浓,多少回魂牵梦绕,多少次彻夜无眠。人虽身在他乡,梦却栖息在故乡的田园。现实的残酷,让人把他乡当作了故乡。芳园村可能也如同大观园中的"稻香村"一般吧?借这样的"芳园村"来安放我们的思乡之梦。在灯火阑珊的夜晚,让自己的心自己的魂,一次又一次飞翔,回到生我养我的故土。诗中的荷塘、月夜都是记忆中代表家乡的美丽符号,在不断重复上演的十八相送中,乡情就这般深深地沁进了骨髓,刻在了心间。诗句"抓一朵云彩,擦拭天空",太有诗情了。(梅艺千)

无题

元旦已至。

庚子将尽，实"鼠"不易。

忽然想起那些人

那些舍家卫国之人

战袍加身，胜利归来。

还有那些人，来不及告别

便匆忙谢幕之人。

想起他们

我潸然泪下。

2021 年 1 月 2 日

品读：窗外的春天如期而至，生命的气息扑面而来。这场旷日持久的抗疫之战还在继续。疫情，给我们带来了惨痛的教训，拷问着生命的意义。人寿几何？逝如朝霞。时无重至，华不在阳。朝看水东流，暮看日西沉。虽说山河无恙，我们才能安好。但生活哪有那么多的岁月静好，不过是有一群人舍家为国替你负重前行。我朗诵选择的背景音乐是《烟花易冷》的钢琴版。烟花易冷，花易凋，时光易逝，人易老，用一根火柴，烧一场蜃楼。就像烟火过后的天空。生命是脆弱的，珍惜眼前的所有吧，爱你所爱，疼你所疼，见你想见，常怀感恩之心，常念相助之人，常存敬重之意。唯愿身边的亲友事事安康。这是作者这本诗集里唯一用《无题》做题目的小诗，诗人用最深的情写出最痛的苦。（梅艺千）

新年第一咖

他在烹调咖啡
整座楼宇都塞满了咖啡的奶香
就像奶奶怀里的味道

称豆子、煮水、量温、看表、温壶
这些动作千回万回
世间喧哗与他无关

阿拉比卡、罗布斯塔、利比利卡
这些拗口的名字像天方夜谭
出自他的口型，像弹钢琴

你一定不知道，罗布斯塔
它就产于万宁兴隆，我的故乡
我知道它叫兴隆咖啡

我被俘虏
再次回到故乡
回到爷爷的身边

磨豆、烹煮、过滤
加点糖，再配点椰子薄饼
咀嚼，仿佛是在咀嚼乡愁

他读骆家的诗
他从他那些句子里
尝到了泥土的芳香

从此咖啡与诗
成了一对双胞胎
怀胎于北纬十八度

罗布斯塔
它还有一个泥土味的名字
兴隆咖啡

2021 年 1 月 3 日听咖啡师陈鹏讲座偶得

品读：泡一壶兴隆咖啡就着爵士乐，听音乐、朗诵诗。有人说世间情动，不过盛夏白瓷梅子汤，碎冰碰壁当啷响。午后温暖阳光、爵士咖啡浓香，是否也算得上快乐浪漫时光？你之于我，都只是平凡到骨子里的普通人，称豆子、煮水、量温、看表、温壶，这一帧帧画面如旧电影里上演的慢动作，在咖啡醇香的魔力下，让人偶有感怀，触动心上的那根弦，制作咖啡的身影仿佛镀上了一层光，咖啡就有了诗的意境。磨豆、烹煮、过滤、加点糖。泡一壶咖啡，慢慢搅拌，香溢衣袂，思绪如云。嚼着家乡椰子薄饼，思乡诗情也就在这样的味道中酝酿。喝咖啡的人，有的不喜欢加奶放糖的花式咖啡，说原汁原味，才是咖啡人生。人生本苦，唯在苦中寻觅属于自己的香味，寻觅品尝后得来的浓郁。苦咖啡，苦在舌根，回味无穷。也正如阿拉比卡、罗布斯塔、利比利卡这些拗口的名字一般，让人真正能记住的就是充满泥土味纯粹的名字——兴隆咖啡。我选择一首爵士乐，仿佛置身咖啡屋，听萨克斯轻吟，沉醉其中。（梅艺千）

小寒

天空素白，大地素净
雪落的声音是天使降临
天使的羽翼轻盈如许

许你有粥可温
有衣可暖
有梦可圆

2021 年 1 月 5 日小寒日偶得

品读：北风凛冽迎小寒，路人匆匆畏成团。小寒意味着进入一年之中最冷的时候了，但此时的天气还未寒冷到极点，因此称为小寒。这个时候注意保暖就成了一件很重要的事。冬日雪花纯洁无瑕，大地得到净化，仿佛使人的心灵变得像它一样美丽纯洁，世间如此圣洁祥和。惟愿有人与你立黄昏，有人问你粥可温，有人陪你到夜深，有人陪你梦前程……我选择了《精灵世界》的片尾曲《霞光》作为背景音乐来朗诵。钢琴音空灵悠扬，又光辉圣洁，宛若天使降临。这首诗虽然极短，但画面感非常丰富，色调优美，意境深远。（梅艺千）

2021 新年偶感

山河寂静，却暗流涌动
我把自己关起来
灰头垢脸翻一本旧日历
写几句偶感

风很静，天很白
像是偶感风寒

想起那些日子
每隔三五天就在海对岸过来过去
每隔十天半月就在天上飞来飞去
生命是多么地慌慌张张
以至于，错过了日升月落
花开花谢

其实啊
心中的山河可以一马平川
可以安放一颗野心
在海平面之上
随时冲浪

滚烫的心脏依旧可以驰骋

可以落拓不羁

不过是今天

偶感了风寒

2021 年 1 月 6 日

　　品读：夜深人静，难免思绪万千，人生的境遇和感叹都浮上心间。诗歌意境非常贴切，真像是偶感风寒。可能只有沉思时才能发现心灵的光亮，只有沉思时才能辨别喧嚣的方向，只有沉思时才看到灵魂的飘扬，只有沉思时才会坚定自己的信仰。至此，生活的痛苦、悲哀都被升华为平静的讲述，带着一种超脱的淡然，还有一种隐含的哲思。为此我选择了法国作曲家马斯奈的《沉思》来配乐诗朗诵，这是首著名的冥想曲。你有几分的心事，它便能和你激起几分的共鸣。这个版本是大提琴与吉他的合奏。大提琴低沉、优雅，犹如历经沧桑的沉思的儒雅男人。吉他清幽、舒缓，宛如温婉优雅的女人，虔诚地倾听。在这一来一回的对话间，矛盾的情绪得以梳理。诗人通过诗歌表达个人观点，宣泄情感。朗诵的过程也让我们思考，梳理情绪，提高感知力，最终重新审视自我和外部世界。感谢诗人和诗歌。（梅艺千）

冬夜夜话

如果

你觉得我们一个是黑夜，一个是白天

那么连在一起就是一天了

如果

无法穿越岁月的洪荒

那就读书吧。你读东野圭吾

穿过黑夜。我读林徽因

读至人间四月天

我知道

春天会如期而至

2021 年 1 月 7 日

　　品读：《冬夜夜话》使我读出了诗的意境，画面极美。让音乐注入诗的灵魂。我选了一首木吉他演奏的《初雪》作为背景音乐来朗诵，吉他的弦音在冬日听来很温馨，仿佛看到窗外飞雪，两人灯下读书的场景。（梅艺千）

等一枝桃花来营救

我悬挂在冬日的枝头
身子越来越重
诗魂被僵冻

又或是悬崖上倒挂的凌霄花
不能动弹
等春风来救援

这冻土里的枯枝
也在等一枝桃花来营救

等枝丫冒出新绿
等蜡梅把词句解冻

我听到喜鹊匆匆赶来
引众鸟吟唱，一曲又一曲

花影瞳瞳，杨柳依依
我的诗，开始发芽

2021 年 1 月 8 日

品读：我朗诵《等一枝桃花来营救》时选择的背景音乐是著名陶笛演奏者周子雷演奏的《春野》，笛子的穿透声就如同春天的信号一般，把人从冬天唤醒，很是振奋人心，与"我的诗，开始发芽"很搭调。相信大家会被这悠扬温馨的陶笛带到春天，暖暖的。（梅艺千）

风雪又至

冬日
河流冰结，众神冬眠
而苦难没有。风雪又至
我看见暴风雨雪裹挟着狼烟，飞奔而来，慌乱中再次
突袭……
那本丹尼尔的《瘟疫年纪事》还躺在书架上。

我从书架上取下来
弹尘、擦拭。深闭户

这一次一定要把它读完。

2021 年 1 月 8 日

品读：我曾经看过一部文艺片《入殓师》，被影片里对死者的人文关怀深深打动，也泪奔于其中的音乐，但也哀而不伤。读到今天这首诗，让我想起了那部片子选了其中大提琴版的配乐。觉得《风雪又至》有很多对疫情的担忧，但更多的是理性地面对。虽然沉重但也很积极乐观，梳理心情给心指向了一条正确的出路。诗很短，但很有能量。（梅艺千）

我开始理解冬天的苦痛

昨日三九寒天
地球人都哇哇叫

我眺望窗外，夜幕低垂
曙光将撕破脸皮。我知道

每一次分娩都会带来阵痛
春天是冬天怀里孕着的孩子

冬天是个忍辱负重的高龄产妇
一意孤行要产子

春天将至。路上匆匆疾步行走的
都是远离她而去的背影

我开始理解冬天的苦痛
以及它的沉默

2021 年 1 月 9 日

品读：朗读《我开始理解冬天的苦痛》时我用的配乐是《魂牵梦绕》，像诗里读到的，苦痛，期待新生。《我开始理解冬天的苦痛》可能更多的是冬季阴雨带给人的愁思，有低落的情绪，更多还是期待曙光的升腾。（梅艺千）

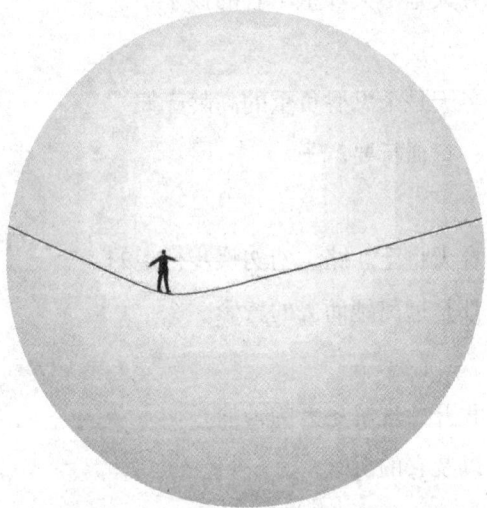

三角梅

在百媚千娇的南方
你是六宫粉黛，一枝独秀
而很多的时候，我对你是视而不见

一丛丛。千朵万朵，千枝万叶
重瓣红、银叶白、绿叶橙、
大宫粉。红的、白的、粉的、紫的
集千娇百媚于一身

从每一个角落探出头来
直抵每一个对你视而不见的人
内心深处。一道道亮光
在萧瑟寒风中一泻千里

回眸那一刻
我粲然一笑

冬天，是如此寡言少语啊
你疯长的灿烂无边
天涯无涯

霞光虏着你

开在春天的路上

2021 年 1 月 9 日

品读： 三角梅是海南省乃至于整个亚热带最常见的植物，叶是花花也是叶，带给我是欢畅喜悦的感受，我选了《安妮的仙境》进行配乐诗朗诵，非常惬意。（梅艺千）

我所深爱的南方啊

我所艳羡的北方啊
雪花飘飞，梅桃李菊，四时不同
但它们与我无关
没有惦念

我所深爱的南方啊
在天之涯、海之角
水草丰满，花木欣荣
还有我的爹娘

2021 年 1 月 10 日

品读：我朗诵这首《我深爱的南方啊》时用的配乐是二胡《家乡的原风景》。二胡的音色柔美，演奏《家乡的原风景》时更是如泣如诉，我读这首诗时情绪对比拉得比较大，用此背景音乐感觉对家乡对根的眷恋更贴切。（梅艺千）

冬月祭

新年的钟声不知响了多少遍

阳光急匆匆地滑过额头

溜向脑后

煽情的雪

一阵紧过一阵

一场瘟疫四处游荡

子鼠里的冬月

生疼

像钉子一样钉在雪地上

2021 年 1 月 11 日

品读：朗诵《冬月祭》时我选的配曲是《从开始到现在》。很喜欢
这个版本里的排钟（也叫钟琴）的声音，钟琴经常在管弦乐中模仿钟声，
音色清脆。让我很有画面感地联想到沉闷冬天里传来钟声。清脆的钟声
用在这首悲情曲子中又与厚重冬日形成对比，宛若那尖利的钉子不和谐
地钉在大地上。（梅艺千）

冬眠

冬眠吧，从现在开始

读书、烹茶

话桑榆

煮酒暖花枝

风萧萧易水寒

把冷风冷雨收入行囊，打包

风声鹤唳，人声嘈杂

独居正好

无论冬雪还是秋月

你们给予我的

——收藏

雪融之时，我决定醒来

连同骨髓里的酸、甜、苦、辣

还有芬芳

2021 年 1 月 12 日

品读： 夜读《冬眠》，诗中的读书、烹茶、煮酒、话桑榆都是中国文人雅士的生活格调。而笛子是古老的中国乐器，也是中国乐器中最具代表性最有民族特色的吹奏乐器。发音动人、婉回。感觉上与《冬眠》里营造的中国文人氛围最是贴切。故而我朗诵选的曲子是冬季名曲《雪之华》的竹笛版。笛子最早也叫"涤"，美誉为"荡涤之声"。这首诗虽是写冬眠，但我感受到的更多是期待苏醒。用荡涤之声冲洗，消除嘈杂与尘埃，再次唤醒五味五感。（梅艺千）

给我梅子酒，足以慰风尘
——写给艺术家小梅子

真冷啊，这个冬天
我端坐窗前，夜已至深
想象那北国的盛大气象
村庄萧瑟，城市寂寥
——大风、雨雪、瘟疫

还有滚烫的人心

沉闷的冷疾驶在沙哑的夜空
向着未知的漫长的黑暗逃遁
我们的秘密全暴露
在嗤嗤作响的寂静里

每当此刻
墙上的壁钟停滞不前
唯有暖暖的缓缓的音乐和诗
在电波里流动

那些用夜晚的微光炖出的诗句

是你用音乐揉进的佐料
用声音酝酿的佳肴

那是热气腾腾的梅子酒啊
一壶慰知音
一壶慰风尘

2021 年 1 月 12 日

　　品读：今天朗诵这首《给我梅子酒，足以慰风尘》时我选用《其实我真的很在乎》这首曲子。这是大提琴与电吉他合奏的。大提琴音色浑厚丰满，擅长演奏抒情的旋律，最适合表达深沉而复杂的感情，借用大提琴的声音来诉说冬日的沉闷寂寥忧郁。电吉他在这首曲子中正好如同冬日电波中的火花跳动。青梅酒微酸解乏助消化，像极了电吉他在大提琴主旋律下产生的通感，让人在冬日中精神为之一振。《其实我真的很在乎》也是我的真实心境，很在乎很珍惜每晚与诗人在电波里小聚，交流诗歌。用美好情怀慰劳疲乏一天的身心。感谢诗歌的慰藉。（梅艺千）

暖阳从脚尖升起
——写给摄影师秋之雾姐姐

有光影闪现的地方

你一定在。我朝着光跑去

一定能找到你。你是魔术师

把光影通通收入怀中

如同拢我们入怀。喊我们大小宝贝

这样呼喊的时候，让我在恍惚之间

看见自己是在故乡在老宅

在祖父母身边的样子

我有些受宠若惊

世间万物生生灭灭

我遇见的人写过的诗

都交还给这人间。唯有这暖阳

这样纯粹的情谊要珍藏

我希望这不是梦幻

是的，不是梦幻

我们彼此握手拥抱

暖阳从脚尖升起

2021 年 1 月 13 日

品读：今天读到诗人写给秋之雾姐姐的这首《暖阳从脚尖升起》。爱意流淌到四肢百骸，幸福油然而生。"有光影闪现的地方你一定在。我朝着光跑去。一定能找到你。"眼前就闪现出《当幸福来敲门》里的那道光。脑海里自然而然响起 *Opening* 这首片头曲。幸福不光来敲门还传递到每个人手上。感谢美好的诗歌和美好的情谊。（梅艺千）

摇摇晃晃的芦苇

我看你迎风摇曳
就像看见我
摇摇晃晃摇到冬天

想起来了故园
想起来了故去的家园
和失去的年华
以及一切往事

仿佛就是昨天
又是那么遥远
就像这些芦花
总在我眼前摇晃

我折你一枝
捧在手心
如此这般
捧起来了整个冬天

2021 年 1 月 14 日

品读：这首诗有点淡淡的愁思。欢快过后往往如此这般，就好像是一天中情绪的互补一样。既然芦苇带给人秋冬萧瑟之感，也就选了《秋意浓》的二胡版音乐来伴奏朗诵。二胡的音色柔美抒情，发出的声音极富歌唱性，宛如人的歌声，也像风中低吟的芦花。（梅艺千）

夕阳落我心里

红唇般浓烈的夕阳
上唇挂在天边
下唇印在海里

你停下来
和一团云亲吻
舒卷的云粗野向前
把我与你拦腰截断
那被抛在云后的我
隔空相望，寂然冷对

多么寂静啊
我嫉妒那些云朵

静夜、星空、近水、远山
在徐徐下沉

去吧
时光将你押解他乡

我喜欢你的鹅黄般的金贵

落在我心里

2021 年 1 月 16 日

　　品读一：高霞的诗《夕阳落我心里》富有新意和特色。在诗歌史上我还没看到像她这样从女性视角写夕阳，把夕阳比成美女的红唇，上唇挂在天边，下唇印在海里，赋予阳刚的太阳以无限柔美，似女性。真是千古绝句。她嫉妒云挡住了夕阳的无限柔美，虽然青春失去，黑暗来临，但无哀伤，因为夕阳落在我们心里，永远照耀人类的心灵！诗虽简短，但因时空跨度大，形成浩然之气，境界高远的诗风，开拓了诗外之意的更广阔空间，拨动了人生暮年心灵深处的琴弦，并共鸣。让人们感到人生不论何时，纵是暮年，只要有作为，一样壮丽！如果无作为，何时都无意义。（韩双印）

　　品读二：千江有水千江月，万里无云万里天。《夕阳落我心里》让我感受到了风云变幻，气象万千，同时夕阳瑰丽绚烂，魅人心魄。今天我选用了雅尼的《心兰相随》作为朗诵背景音乐，人们把雅尼称作是一个用音乐讲述生活的人，从他的身上可以感受到古希腊的浪漫诗意与现代的自由奔放。飘逸的曲子，清清淡淡，如行云流水般的音律，洁净而从容。光阴荏苒，日月如梭。可爱又可哀的岁月，就这样地流逝，不着痕迹。夕阳西下魂牵梦绕的风景，在尘世间定格，那温暖的鹅黄就是寻找到的渴望已久的宁静。这是音乐和诗带来希望的撞击。（梅艺千）

我沦陷在一抹百合花香里

把幸福洋溢在花蕾间
用一脸的笑靥谱写母性的光辉
不说岁月流年
不说情深缘浅

你浅浅一笑
紫粉色的香气摇曳在风中
我没有太多的辞藻
形容你的仙气

但我可以表达我对于你的爱情
我把对光阴的故事
倾注在这阵阵花香里
以及这平仄不一的辞章上

一切归于一个意象
归于一个妩媚的名字
——香水百合

此时适合吟诵

吟诵清溪、吟诵流云
吟诵你的素洁与芬芳

热热烈烈地盛开
羞羞答答地浅笑
我甘愿沦陷

2021 年 1 月 17 日

品读：百合花素有"云裳仙子"之称，象征纯洁永恒的爱恋，开花香气馥郁。读了《我沦陷在一抹百合花香里》仿佛立马闻到百合那特殊的馨香味儿。耳畔也自然而然响起了《夏日香气》这首曲子。仙子一般的百合花，形态香气太过美好让人沉沦，犹如和恋人间的痴缠。潺潺如流水的钢琴声里，清新宜人，似乎又有些忧伤，可是旋律却是古典意味的温暖气息。对百合的爱恋如爱情般的甜蜜又带些许迷离，随着音乐和诗歌倾泻而出。（梅艺千）

我在世纪大桥等你

我骑着毛驴

你驾驭着白马

她乘上一叶扁舟

躲过车马喧嚣，约会在夕霞膝下

共沐一弯河水

鸥鹭在飞

把甜美与炽热挂在桥南与桥北

挥舞着胸腔的激情

簇拥在桥心

天宇作被

头枕海甸河水

让思绪翻飞

如孙猴子，于苍穹浩渺处

把日月装进眼眸，把一座城市

阑珊的烟火羽化成星辰

如果你如我一样

漂泊累了，那就登上世纪大桥吧

把天上的虹连缀成云梯

采撷月辉去

喝一口绵柔的海风吧

听海甸河的诉说

看一朵朵浪花

把一座城氤氲成一幅水墨画

黄昏和黎明

告诉你这人世间值得你爱

2021 年 1 月 18 日

品读： 从《我在世纪大桥等你》这首诗中，我读到的更多的是自由自在，快意人生的豁达。如孙行者一般，七十二变对人生的自如掌控。同时也豪情万丈，天作被，头枕水。脑海中闪现三位闯荡江湖多年的女侠，尝遍了坎坷，到了今日，笑尽平生事，逍遥自在。告诉世人，这人世间值得你爱。这不仅让我联想起同为女作家的三毛，这次朗诵配的背景音乐《青春无悔》就是罗大佑为三毛而作。（梅艺千）

大寒是一辆开往春天班列的首站

如果你向往春天
那么请在大寒处候车吧
严寒或者黑暗并不能长久地隐蔽什么
你看，蜡梅已占鳌头
桃红梨白也将不甘落后
你还犹豫什么

一路开往春天，旷野赫然无声
像以博大精深的胸怀勇敢地
接纳生命的一切

春潮涌动
当太阳从海平面扑通一下升起
我心头的阴霾便灰飞烟灭

噗嗤噗嗤
我搭上了开往春天的班列

2021 年 1 月 20 日庚子年腊八节大寒日

品读：在《大寒是一辆开往春天班列的首站》这首诗中，每个词语每个句子无不昭示着诗人的欢喜雀跃，滚动向前的车轮碾过寒冬，奔向春天。我选了欢快节奏的《飞雪》作为背景音乐来朗诵，钢琴曲中不断重复推进的小节就如同火车滚动向前的车轮，把抑制不住的欢喜激动的心情推到最高点。（梅艺千）

我们谈论冬天

我们谈论冬天

谈及落花无情、流水无意

以及一些沉重的话题

比如争吵

比如生老病死

空气中弥漫着药水的味道

冬天如此阴郁

冬天就是这样的吗

不，不是的

我们谈及冬天

谈及雪花、谈及蜡梅

谈及风中已经摇落的片片芦花

犹如片片枫叶情

话题轻盈　惬意　优雅

我们再一次谈及冬天

那些冰封的往事以及珍藏的人

浮现眼前，栩栩如生

宛如这冬天的暖阳

足够我们走过冬天

2021 年 1 月 24 日

    品读：哲理诗《我们谈论冬天》这篇佳作以诗的形象思维辩证关注冬天有优有缺，站在不同角度看冬天，冬丰富多彩，有说不尽的故事。冬是时间的自然来去，人类无法左右，只能是无奈；但冬也有雪和梅，那是严冬的艳丽，君子的高风亮节。冬日严寒，但也有暖阳。在饥寒交迫的严冬，穷苦人生命难保，所以要变革，谋取生存和饱暖。人在遭遇困境的严冬，要坚强勇敢，百折不挠奋斗崛起。这种发散性思维，启人心智，究理深邃，使诗的境界得到升华，而不是简单地就景写景，就事说事。诗还期待远景，冬到了，春还远吗？（梅艺千）

海口湾组诗（冬）

1

干枯的季节
太阳收藏了所有的水分
河床裸露，鱼鳞片泼洒在水泥岸上

你像是我的日渐衰老的父亲
日也恍惚，夜也恍惚
出海成了梦萦

渔歌的声音变得很遥远
我甩开嗓子一吼，跌落的音符
是彼岸椰树落在浅滩上的倒影

海枯了，云知道
你痛了，我知道

2

河水舒缓，海水安静

河床是开阔的。像是母亲的怀抱
汇入大海的那一刻，有些不舍

这个样子就像是我干瘦了的老母亲
日渐驼背，弯曲成一道道山坎
遮挡着海那边送来的风

从千帆竞渡到千帆过尽
回到这个小小滩涂
小小的干瘪怀抱

剩下的仅是炊烟了
无诗和远方

2021 年 1 月 25 日

品读： 非常喜欢今天的这首《海口湾组诗——冬》。粗略读后，就
被带入诗文营造的氛围当中。喜怒哀乐，人之常情。岁末年终或多或少
都会有些遗憾，有些忧伤。可能也没有什么具体缘由，仅仅只是花前落
泪，月下伤怀，看到潮落海瘦，这种莫名的愁思便溢出。这首诗的美可
能就在于把季节的感伤具体安放在了心里最割舍不下的至亲至爱形象上
了。整篇都沉浸在悲伤里不愿意出来，或许只是想要那一份独处的安静，
回忆过去的种种，再思索未知的将来。我选配了《美丽的忧伤》小提琴
专辑中的《海之泪》作为背景音乐来朗诵。小提琴琴音细腻，贴近人心。

声音哀艳缠绵，扣人心弦，有着刻意的，也许是自然的抑扬顿挫，多少压抑在心中的情感被慢慢释放开来，于是心灵随着乐曲起起伏伏，或哀或悲。琴声中，往事缤纷，思绪迷乱，让人流连忘返正好正与诗歌中的意境相得益彰。（梅艺千）

海口湾组诗（春）

1

那年
建筑低矮，灯光暗淡
她美得卑微，是的。卑微
她出淤泥，而不染
湾里总是有吵着嚷着的鸟儿

这年
建筑直上云端，灯影鬼魅
她美得低微，是的。卑微
淤泥里，挣扎
湾里的海鸟卷曲着身子

我们取走了这一湾的海水
从桥上可以看见大片的鱼群
大口喘气，如那些卷曲着的海鸟

这沉默的水域啊，记忆之松林
一帧剪影归寂于春寒

2

春天的河流清澈了些许
河水不紧不慢
台风还没有来

春风拂过海面
那曾经火焰般绽放的木棉花啊
堆积在季节的伤口，春寒料峭

风沙沙作响
我看见低洼处的水草里
有光着身子的海螺君在吐气

人们挖取之淘洗之食之
一排排的精致的牙齿裸露出来
如同我咧着嘴笑
那般狰狞

2021 年 1 月 26 日

品读：《海口湾组诗——春》描写的是一段春愁。"春愁难遣强看山，往事惊心泪欲潸。"这里的愁，并不是文人雅士所滥用的风花雪月之愁情，亦不是少年不识愁滋味而强作愁的感时伤春的情绪。更多感受到的是城市的快速变迁，让人手足无措，同时也更加思念家乡后安小海的安宁美好。海口湾海的纯真已不在，让诗人苦闷、忧虑，使诗人心中堆积太多无法排解的情绪，春愁油然而生。韩国第一小提琴手申贤守专辑《美丽的忧伤》里的 *mommy's lisa* 描绘的也正是这样一副场景：钢琴和小提琴的声音在一片迷茫中渐渐消散，好像是海湾小岛上的那片雾，在身边萦绕，一片凄清，一片迷惘，一片苍凉。各种复杂的情感交织在一起，钢琴娓娓动听，小提琴婉转低回，起起伏伏的旋律，抑扬顿挫的音符勾起内心积压的情绪，让人沉思。最终变成了堆积在冬春之间的伤口。（梅艺千）

海口湾组诗（夏）

1

夏日盛大
海口湾的夏日风云诡谲
台风来了，风雨飘摇

台风走了，云蒸霞蔚
波光涟漪，水草婀娜

海风吹拂椰林
蛙声陶醉在赤诚的岩石上
这个时候我多想你在我的身边
随蛙声入梦

我想告诉你海口湾有多美
你不来所有的风景都只是摆设
它们有多寂寞有多孤独

我等待着。如同此刻
等待不远处的港口轮笛吹响

2

一直是这样
来回穿梭于桥南桥北，眼盯着你
随潮涨潮落，云卷云舒

此刻我闲坐堤岸
在起风之前，看云层搬家

我敞开心胸
如桥头边红灿灿的凤凰花
红灿灿地挂在心口

来吧，这里是出海口
是梦想起航的地方

2021 年 1 月 28 日

品读：《海口湾组诗——夏》里充满了很多记忆的碎片。日复一日往返于海口湾之间，这些碎片最终拼凑成诗人与海口湾之间一页页的时光故事。叹时虚短，拾忆复嚼，靡兴于故，几时待惝。时光会带走一切，一切也终将淡去……抬头看天，低头看海，豁然开朗，心情舒展向阳，继续前进才能拥抱希望。我选择了钢琴曲《恍惚交错的记忆》作为背景音乐来朗诵。跳动的音符干净、轻快，更像夏日的海风。重复的小节如同交织重叠的记忆。曲调优美，整体明快，最终让人心情舒展释然。（梅艺千）

海口湾组诗（秋）

1

惠风和煦
檐下的海口湾蓝得透彻
我放下所有执拗，细数流年
在平仄不一的诗行里
收藏秋蝉。禅悟静语

我愿是你湾里的一棵水草
随鱼儿一块儿疯长

2

我的美丽的海甸河海口湾啊
犹如我的左手与右手
烟火与远方

我要以俯视的姿态
才能读懂你的沧桑
我要以仰视的姿态

才能领略你的恢宏

你以父亲的骨血，母亲的经脉
托举一盏盏航灯，朗照夜行的船舶
你从南渡江大吼一声
走向南洋，走向蔚蓝
托起我搁浅的步履
依旧满身花雨
归去归来兮

且在我至真至诚的秋词里
再一次歌唱你的丰饶

2021 年 1 月 31 日

　　品读：凝视蓝得透彻的海口湾，不经意间就会让人禅悟静语。让我想起了《少年迈尔斯的海》里的一段话："每个人都应该花半小时待在退潮的海滩上——用十分钟去聆听，用十分钟去观看，再用十分钟去触摸。我之所以比一般人看到更多，只因为我是唯一在看的人。螃蟹是往两侧移动的，它们从来不会烦恼自己是在前进或后退。"生活就像是大海，我们都是海里的鱼，每天总是不停地往深海游去，有些鱼在深海的压力下死去，有些鱼依然还在坚守。仰视才能看到希望，追逐远方，俯视才会认清当下，坚持拼搏。跨越大洋你才能看到更广阔的风景，斩开荆棘才能把你引向丰收的宝藏。我选择了自然录音大师丹·吉布森《海边闲情》

作为背景音乐来朗诵。海风、海浪、竖琴、提琴，舒缓的曲调犹如惠风和煦。海水朝沙滩涌来仿佛浸湿全身，浪花泡沫一片片消失，触碰到了内心的柔软。原来无尽之海的涛声，竟是心中永恒的律动，不断叩击心灵……（梅艺千）

春节

亘古的欢聚

源于心中的爱恋以及

恒久的图腾

2021 年 2 月 1 日

荼蘼谢了，春又来

今日立春。

晨起有些懒散，凭栏远眺

不远处的海口湾，雾气迷蒙。

室内有刚沏好的清茶

有昨日培植的新绿

一首未读的宋词。

恍惚之间，有一个声音传来：

一个人，只要内心种植春花，

四季里绽放自如。

荼蘼谢了又何妨？

2021 年 2 月 3 日

品读：荼蘼的花语是末路之美，它是春天绽放的最后的花朵，代表着末路昔日繁华与如今的凄凉，让人为之动容，荼蘼的花语还是分离悲伤，寄托着人们苦闷的思想感情；它的花语是分手离别，当荼蘼凋亡后，表示爱情也随之终结，一切都会湮灭。在《红楼梦》中十二钗抽取花名签的时候，麝月抽到的是荼蘼花，因为荼蘼花是春天最后的花，开得最晚，所以说"开到荼蘼花事了"，"花事了"三个字双关，袭人姓花，袭人出嫁，最后，宝玉做和尚的时候，不但丢掉了宝钗，也丢掉了麝月，荼蘼花就是麝月，"花事了"，袭人的事情也了了，袭人便出嫁了。纵使此刻韶华胜极也是不久凋谢枯萎的前奏而已。王菲也有首同名歌叫《开到荼蘼》，看透世事的放纵不羁，心花怒放，开到荼蘼，归于沉寂，融为泥土，化作尘埃，随风飞去。人生在世，寄蜉蝣于天地，渺沧海之一粟。生活的美好，来自生命的芬芳。人生不是欲取欲求，自然花开花谢，生活有舍有得。心存善念，方得始终；心有平常，笑看悲欢；问心无愧，踏实自然；你若盛开，蝴蝶自来。生命常春，源于内心丰盈，荼蘼谢了又何妨！我选择了一首古筝版的《春三月》作为朗诵背景音乐。音韵灵透、柔和、明亮、清脆，把如三月般美好惬意的心情随筝音溢出。（梅艺千）

小年三则

1. 小年

小年是天神先遣的跟班
明访暗查人间的烟火
顺便揩点糖瓜

2. 春运

庚子年的春天
铁鸟们早早睡觉
没有等太阳落山

3. 醉夕阳

海南岛的阳光火辣辣
夕阳也为你热了炕头
期待你来一场黄昏恋

2021 年 2 月 4 日

品读：诗作中"小年""春运"，这些和一年中最重要的年节有关的词，让人想到了因为疫情不能归家的人们。克莱德曼的《思乡曲》在耳边回响起。这是一首藏着淡淡忧愁的曲子。曲子很短，闭眼聆听，思绪会跟着钢琴旋律慢慢走，点点滴滴，通透轻盈，细腻感人，激起内心最深处的乡愁。希望炙热的海岛阳光抚慰游子的心，给不能归家的朋友道一声小年快乐。（梅艺千）

种植负离子

空气中的负离子
一颗颗洒落。我诚惶诚恐
收它们进眼眸、种入心田
待发芽、开花、结籽
再放回空气中

2021 年 2 月 6 日

品读：春日午后，阳光和煦。森林深处，树影斑驳。清风徐来，水波不兴。吊篮床上，肆意舒展。入耳鸟鸣声声，溪水潺潺，入目郁郁葱葱，万物生长。原来是《种植负离子》。我选择了竖琴版的《春日春风春之语》作为配乐诗朗诵，竖琴无与伦比的美妙音色，音量虽不算大，但柔如彩虹，诗意盎然，时而温存时而神秘，是描绘自然美景的极佳体现，琴音具有的感染力和表现力，让听众如沐春风，在大自然的氧吧中畅快呼吸。（梅艺千）

枇杷树

白云衔着金黄或是玫瑰红
转瞬之间
于天地之中飘忽陨落
燕子归来

很慢、很快
秋天、冬天
抑或是春天
只是一首诗的距离

蹩脚的诗句
尾随燕子的羽翼
蹁跹起舞

2021 年 2 月 8 日

（注：枇杷树是海南岛的一个树种，多种于人行道旁侧。枝干结实舒
展，树叶硕大饱满，每年春节前后以迅雷不及掩耳之势落叶、出芽。遮
阴效果特别好，夏天炎热的海岛就靠它栉风沐雨了。）

品读:《枇杷树》借物抒情喻理。冬去春又来，四时交替轮回，时间永不停止，虽是自然的法则，但总有些惶惑不适，缕缕忧伤。季节变换着不同景物，交替岁月一路走过，春夏和秋冬永远不能相逢，在属于各自的世界里倾尽一世的芳华，绽放短期的美丽，然后给下一个生命的季节让路，成全了一个又一个的春花和秋月……想起卡夫卡《城堡》里的一段话:"不要失望，甚至对你并不感到失望这一点也不要失望，恰恰在一切似乎都完了的时候，新的力量来临，给你以支柱，而这正表明你是活着的。"我配了一首《风车小镇》作为背景音乐来朗诵。风来了，季节伴着诗情周而复始，循环往复……(梅艺千)

木棉，木棉

蛰伏的英雄花

打春风里过，列队于坚韧的枝头

整装待发

你赶乘万里的苍黄，千里的萧瑟

尾随蜡梅，长驱而入

抵达天之涯海之南

你团团似火的花苞，鼓鼓地涨红了脸儿

像羞答答的新嫁娘

身姿曼妙又步履轻盈

轻旋着，燃起一团团爱火

凌寒中次第绽放，不负春光

绣秀霓裳，俏也不争春

你硕颐饱满，热血偾张

给苍白无力的颓靡注入新血

裹挟着春潮滚滚奔涌在琼崖大地

每一朵花瓣饱食着冬之严酷

春天里，我听到花开的脆脆声响

云之上弹奏春之乐章

你们摩拳擦掌，雀跃无比

像一群群火烈鸟，在城市与乡野

剖开出一条条云路，展翅飞扬

你们跋山涉水，变陈腐为光之色泽

木棉、木棉，我把你举过头顶

向苍天叩拜

2021 年 2 月 9 日

品读：《木棉，木棉》何尝不是在描写人生。一树繁花，一世繁华。认真、勇敢、简单，充盈的人生就像一棵会开花的树。脚能走到的地方，便是心能抵达的远方。摩拳擦掌，跋山涉水，足够努力变得足够优秀，便是这繁华中的一道靓丽的风景。我配以《繁华的风景》作为配乐诗朗诵，音乐舒缓不乏明快的节奏，如在倾诉，如在倾听，得到慰藉与关爱。时光荏苒，生活明朗，万物可爱，人间值得，未来可期。（梅艺千）

春耕

——以此诗献给辛丑牛年

琼岛的春天最先从五指山雄起

我看见山顶的木棉噼啪噼啪炸响

分明是恭候一岁除的声声爆竹

一枚新词也按捺不住春风的鼓动

——春耕

田野、村庄、河流不再岑寂

这一刻

农人举起木犁

翻犁的沃野春风化雨，稻田穿上新装

翠绿的原野，流淌着汩汩山泉

我站在低洼，仰望山峦的瑰丽多姿

我站在高处，俯瞰村庄的炊烟袅袅

祭祀的香火从父老乡亲的胸膛流溢

这一刻

我多想泼墨一幅水墨画

吟诵一首关于春天的歌谣
关于我的国我的家

2021 年 2 月 10 日

    品读：人生天地间，庄农最为先。人生的收获不会像自动贩卖机，一投下去马上就会有收益。需要经历春耕、夏耘，才会结出累累硕果。先谈努力，再谈成绩，生活终会给你惊喜！我选择了一曲《南风田园》作为背景音乐来朗诵。笛声飘悠远，拨弦敲心扉。琵琶清脆，古筝悠扬。笛子、琵琶、古筝的对话，浪漫的涌出春潮，春耕喜乐跃然于纸上。（梅艺千）

木棉花开的春天

许我一世
在海韵椰风的五彩缤纷里，找寻一份红灿灿的爱

你的青春靓丽，朝气蓬勃
一股春风，沸腾了时光的河流
火红、热烈、饱满、深情

我被你的高洁和豪迈征服
不再忧伤。在似水流年的清冽里
氤氲这晴暖的阳光

你红灿灿的流韵馨香里
贮存一个岛民的血脉与骨髓

我把千枝万杈的芬芳分成三份
一份给我隔海相望的北方
一份给我生养的爹娘
一份给我自己

至此，我借你扬起的笑脸

迈开铿锵的步伐

走进春天里……

2021 年 2 月 12 日

    品读一：木棉花，高洁清雅，热情似火，人们崇尚的品格，正该如此。高霞也正是用拟人手法，借物比人，歌颂崇尚之情，溢于言表，发自内心，表现了诗歌真实丰富的内涵。她要把它分成三份，除自己和父母之外，还要分往北方。这种家国情怀，更显大器，除艺术魅力之外，还有大大的正能量。（蓝田玉）

    品读二：《木棉花开的春天》借着木棉花的火红、热烈、饱满、深情，诉说着一份深厚的情谊。我选择了《古筝＆笛子春光美》作为背景音乐来朗诵，笛子似鸟鸣，微风拂面，古筝似花瓣摇曳，叶子沙沙作响。这首极其优美的中国轻音乐经典作品，美妙的旋律，令人百听不厌，像春水流淌，滋润心扉……诗歌与音乐对酌，在电波里心灵相依的日子，这种守望成了春暖花开里最美的风景。我们携手走进春光里，彼此的深情厚谊将成为甜蜜的记忆。（梅艺千）

现代化

没有鸡飞狗跳

只有这被关进笼子里的鹦鹉

学我叫 "hello"

2021 年 2 月 13 日

馈赠

如此阴郁的早晨

太阳已经爬得很高，阳光明媚

归来的燕子正在衔泥

我在村子里转悠，无所事事

这个人世几回伤往事，去了又还

但我不想占有什么，包括馈赠

不管曾收到多少爱恋，我都忘了

想到曾是同我一样的人，我不难过

走出村外，我看见禾苗迎风飘扬

油菜长势很好

2021 年 2 月 14 日情人节

品读：同一首诗，不同的心境下也会产生不一样的感受。这是一份源自情人节的诗心与诗情，让我嗅到了潜藏在生活中的浪漫，诗人珍贵的《馈赠》让人想起《泰坦尼克号》里杰克曾说过"生命是上天的馈赠，我不想虚度年华"。于是片中就上演了情人间最浪漫的桥段——在海上夕阳的氤氲里，两人站在船舷上，张开臂膀敞开胸怀，共同拥抱这无垠的浩瀚。或许那只是刹那芳华，但却定格为一幕永恒的爱的华篇。世间所有的相遇，是缘分的使然，心态决定一切。当你用乐观向上的心态迎接每一天，那么每一天便都是上天的馈赠。生活多么美好啊！阳光明媚风调雨顺，大地色彩斑斓，花艳蝶舞，万物生机盎然苗壮成长，雨露滋润草木旺盛，这一切都是上天爱的馈赠。我选择了《我心永恒》的长笛版作为背景音乐来朗诵，笛声悠扬柔和，仿佛看见满头银霜的露丝站在乡村外，手抚迎风飘摇的禾苗，回忆记忆深处最爱的翩翩少年。(梅艺千)

元宵节

阳春正月，明月清风

浸染鬓霜的流年月华朗照

又是一年的上元节

——元夕日。春风已然住进扉页

春光在写序章

思乡的愁绪已被梳理

蜜月里的春天即将迈出门槛

脱胎换骨的身体被一盏盏华灯点燃

拜过双亲拜过天地

盛满一碗甜甜糯糯的汤圆

以及缀满诗句的晨露出发

2021 年 2 月 26 日元宵节

品读：我在《元宵节》里读到了春回大地、久别重逢、亲人团聚、重新出发。一个人无论身在何处，家永远都是心灵的港湾。年少不解文字情，历经尘世方可知。我选择了川井宪次的经典曲目《大团圆》来配乐朗诵。这首小提琴作品风格柔美，曲调温馨，充盈着"团圆"的温暖。前奏响起，婉转细腻，拉出来绵长的情思，中间的弦乐奏出朦胧的意境，往事逐渐浮现在眼前，历尽波折、渡过难关。接着小提琴重新拉出主旋律，同时弦乐组在后遥相应和，缠绵起伏，重逢的不易和欢喜，更多的则是含泪带笑的平静与淡然。心中暖流涌动！祝愿圆圆满满！（梅艺千）

苦楝花开

阳春三月
你搭乘春光
不与红棉争艳
不与风铃木争妖娆
一夜之间缀满枝头
蹁跹于彩云间，逶迤玉树琼枝
犹如繁星点点，擦亮了青天
迎合春天的词语：忽如一夜春风来
千树万树苦楝花开。这是北国的
梨花白镶嵌南国的紫薇
纯净、素雅、清香
如邻居家的女孩儿
温暖料峭的春寒
葳蕤夏时的天空

2021 年 3 月 2 日

品读：苦楝花的花语为温暖的笑容。因为它整体的生长形态如同带
着笑容望向远方的。用它来代表对生活的希望，保持乐观的心态面对一

切，传递生活正能量。这样的感受让我联想到了凡·高的名画《枝上杏花开》。青灰色的天空加上深浅不一的笔触作为背景色，有力的笔锋勾勒出生机勃勃的枝条，大片的蓝色底子再加上明亮鲜艳的杏花，整幅画给人一种对生命之纯洁与美好的感叹。白色与蓝色之间使得枝干与花朵更加的诱人，真实的生命力跃然纸上，却又被画家用神奇的手法通过蓝色的忧郁变得格外宁静安详。诗人笔下的苦楝花也如这般，像邻家女孩美的温柔、宁静安详又生机勃勃。叶待花开，花与叶舒。叶不舍花零，花伴叶点缀，繁花落尽叶归尘。春风又来叶盼花，雨碎如钻汇湖畔，花叶流水似尘归。有些人一生就像是繁花，花开花落，转瞬即逝，但是就是花开那一瞬间，惊艳了某些人的岁月，纵然凋落成泥，待忆起时，仍是无限美景，亦如那美丽的邻家女孩。我选择了三生三世里的古筝版《繁花》作为背景音乐来朗诵，古筝灵动跳跃的音色宛若苦楝花开一般美好。

（梅艺千）

我在南极村等你（组诗八首）
——蓝海诗社徐闻采风记

题记：

正月里，惊蛰日。蓝海诗社辛丑牛年第一次采风活动前往琼州海峡对岸——广东省湛江市徐闻县南极村。是日，蓝海诗社诗友、驴友、摄影师等二十余人齐聚海口新海港码头，飘洋过海到徐闻探寻红色文化、海洋文化、乡村文旅三大主题文化。拜谒渡海作战烈士陵园，参观七十年前解放海南时解放军渡海作战出发地点以及放坡村，遇见此生第一次见识的千亩芦荟花开遍野以及万亩菠萝的海，骑牛观赏此生遇见的最美落日。夜晚，治酒席间，觥筹交错，品尝相思茶，诗人、摄影师、艺术家们相谈甚欢。至夜，酒酣耳热之际，诸位回到农家珊瑚房四合院围坐，即兴演唱吟诵，真性情流露。回至海口，回想琼州海峡的前世今生，翻看今日美照及视频，感慨颇多，伙伴们的欢声笑语久久盈耳，遂记几句，以示不忘。高山流水遇知音，诗作几首，以作念想……

1. 不能忘记的轮渡

南国春来早。阳光
切碎沉沉的雾霾。所有的暖
投进这浅浅的海峡，轮渡
归去归来兮

我沿着燕子归来的飞行轨迹，摆渡
时间的河流。一路向北
徐闻对岸，找寻旧时光

曾几何时
我踏着子夜的钟声
黎明前的一丝亮光
挤在混杂的人来车往里，北上南下
你是我过往的码头

贫瘠的土地，衰老的村庄
以及步履维艰的老乡
牵扯我北上南归的衣裳
梦里梦外泪流

这样的时候，我不忍回望
回望这一道浅浅的海峡两岸
那令我呕吐目眩的晕症
脚步止于此岸彼岸

不能忘记的轮渡啊
不能忘记的疼痛
囚禁了我的想象

2021 年 3 月 6 日

品读：《不能忘记的轮渡》这首诗从时间、空间上对离愁别绪做出了细腻的叙述，丰富的画面感把这种情感通达每个人的心灵深处。人生就像一场旅行，站在岁月的渡口，你我皆过客。在东方文化氛围中总有和离愁相联系的渡口，但这份忧离却又以豁达作为掩饰，就像国人的悲伤与含蓄，言不由衷。今夜在码头，天亮前分别。船在等，到了对岸便不会再回头。要走的人蒙着面，留下的人捂着脸。你我都在渡劫，时间不多，不管死活。不管遇见了谁，又要和谁作别，都要感恩他陪你走过的人生每一段路，为彼此留下更多的欢喜和善缘。我选择了蔡琴《渡口》的二胡版作为伴奏音乐来朗诵，二胡的弦音深沉有弹性，丝丝入扣牵着思绪游走，余味悠长满满的都是回忆，整个旋律气息绵长，不急不躁，娓娓动听，但又过耳难忘，回荡心间。（梅艺千）

2. 不能忘记的海岸

我站在三十千米宽的南岸
遥望一衣带水的北岸
不去说两岸猿声啼不住
但言春风已笑十里桃花

浪花朵朵，云霞倒挂碧水
八十千米长的海岸线
蜿蜒潮汐着春梦
旖旎不绝

这个记忆中的海岸渡口啊
是我眉间的朱砂
幽居在我的心口
忧伤着我的忧伤
而今在巨轮的汽笛鸣声中
变成欢快的鸥鹭
滑翔此岸
彼岸

2021 年 3 月 7 日

　　品读："海岸"两个字千金重，联想到的就是离别的两岸，摆脱不了的乡愁。年轻时候为梦想背井离乡。年老了，梦醒了萦绕的是浓浓的乡愁……多少人的家乡渐渐从一心团聚变成一份寄托，从思念变成符号，然后在儿女的回忆里慢慢淡去。悲歌可当泣，远望可当归，愿你出走多年，归来仍是少年。被爱包围中再次出发，前面的北岸身后的南岸，已不再是心上的伤疤，跨越不了的鸿沟。忘记的，忘不了的，再难以下咽的苦涩也是一种滋味，也可以回味。永远朝前看才是真正的方向。我选择了日本吉他演奏家木村好夫的《海峡》作为背景音乐来朗诵。不疾不徐地弹拨捻拢，把无限思念，段段回忆从耳畔带到眼前……（梅艺千）

3. 浪尖上的英魂

——致敬解放海南渡海勇士们

风萧萧易水寒

琼州海峡波涛汹涌

1950 年的 3 月 5 日黄昏

船工鸣哨千帆竞渡

从徐闻角尾乡出发

这是伸向大海的牛角

牛气冲天天不老

晚霞染红的海面

犹如勇士们涨红的脸庞

突破"伯陵"防线

扑向海峡对岸

鲜血浸染海底两万里

培植海底花草娇艳无比

灯楼角的灯塔诉说着海的故事

擎天柱夜放平安之光

2021 年 3 月 8 日

品读：一声轻颂，颂扬英雄的英勇，亦道出追思英烈的苦痛；几句怅惋，惋惜勇士的热血，也慨叹战争残酷无情和决绝。它是往昔英雄的挽歌，也是感慨和平来之不易和对平安深深的祈盼。我选择了琵琶版的《英雄赞歌》作为背景音乐来朗诵。琵琶音色清澈、明亮，丝丝入扣，敲击心灵，余声悠长婉转，挥之不去的怀念。金声玉振，铁马入梦。（梅艺千）

4.放坡村里的苏东坡

见过西南的苏东坡
见过江南的苏东坡
见过岭南的苏东坡
见过海南的苏东坡

在以你的际遇命名的放坡村
又一次觐见你
我拾几粒宋朝遗失的珠贝
书写几句分行的大白话
感怀——

宋时的月光辉映
放坡村的巷陌、门亭
东坡船。是否
苏子也住在这会吟诗的房子

凭吊古时的月今时的光？眺望

南海的水波与北部湾来的涛浪
如何聚拢？离离合合

二轮牛车拉着风拉着我
在夕阳里狂奔。余晖
在苔藓的退却中
变成风中的歌谣

谁怕？一蓑烟雨任平生
得失如这南海的浩渺烟波
枯荣如这春风吹又生的荒草
如尘土，如云烟

猎猎旗帜，倒挂夕阳
穿越千古，走马红尘
如你

2021 年 3 月 9 日

　　品读：今身羁尘鞅，归期未卜，即使得归，亦不过芒鞋竹杖，与闲云野鹤徜徉于烟霞水云间，何至买山结庐，为深公所笑也。踏遍名山大川，尽享颠沛流离，走过西南、迈过江南、翻过岭南、跨过海南，身之所处，随处而安，随处是缘，风轻云淡，恬静自然。半醉半醒之间，倏忽清醒之时，穿越古今，一枕黄粱，惘惘不过梦一场。我选择了一曲《淮古遗殇》作为背景音乐来朗诵，该曲调沉闷不悲伤，悠长遥远不疏离，意境出尘飘逸。（梅艺千）

5. 芦荟花开
——为骏马村的芦荟而作

如一群雀鸟，啄破三月的风
撒欢在祖国大地最南端的沃野里
听，春之歌在海峡两岸响起

芦荟花开。热热烈烈地开在
骏马村人的心里，如骏马
策驰在旅人的心窝窝

我看着耸立在蓝天里的花簇
仿佛看到夏的热烈，秋的收成
农人的泪花

我心飞扬
我要把早春的爱恋洒遍山坡
蓊翳那些渴望的眼眸

打开心窗吧

拥抱这金黄的大地

听花与蝶的低语

醉了，醒了

山川醒了

我醒了

2021 年 3 月 10 日

　　品读：金黄的芦荟花像麦穗，像火炬，象征着希望吉祥好运气，指引着前进的方向，含有人们对美好的憧憬。繁华万千，其实也只是刹那间芳华。人生也如此这般，平缓、上升、高潮、低谷、平缓……高潮也就那顷刻间，真是来也匆匆，去也匆匆。置身金色花海之中，被这充满阳光生机的美好感动，打开心窗，豁然开朗，祈盼留住这一刻的悸动，忘记烦恼，唤醒心中的沉闷，用金色的希望伴随人生前进的方向。我选择了《花之舞》作为背景音乐来朗诵。金色的花朵在风中摇曳，如同欢快的音符，充满整个空气中……（梅艺千）

6. 盐花
——为徐闻的盐场而作

烈日的结晶

——大海的女儿

白花花，明晃晃

璀璨着祖国最南端的角尾乡

南海的波浪涉险而来

精卫填海是先民的愿景

窃取光。赤日蒸晒

峥嵘人间

我潜伏在拜谒的人群里

尾随春天而来，相约到这里

这处古老而神奇的碧波浪涛

正淌过我的胸膛

天空的倩影倒映朝圣的心

是的。十里银滩十里盐田

是棋盘抑或是女儿的化妆盒

天空之境刻录你的容颜

而无处不在的风车

风干了父兄的汗汁

阿娘的衣襟

2021 年 3 月 14 日

品读：天高、云淡、风暖、阳光耀眼，岁月悠长。时间就像被蒸发的盐水一样，终会沉淀岁月的故事。世上有能挽回的和不可挽回的事，而时间就是这不可挽回的，不负光阴需要付出最大的努力，而努力才能成就最好的自己。灵魂行走在路上，一头挑起的是时光，一头挑起的是梦想；用朝圣的心去膜拜梦想，不管风吹雨打，还是日晒雨淋，只有用辛勤的汗水浇灌，才能收获烈日的结晶，在岁月中成就最美的梦想，愿光阴记录下此刻奋斗的模样。我选择了 *story of us* 作为背景音乐来朗诵，在平凡岁月中谱写峥嵘人生。（梅艺千）

7. 会吟诗的房子
——写给徐闻的珊瑚房

风，从海上来
吹进放坡村，落入眼眸
南海的淼淼波涛
凝结成袅袅炊烟

这里是海上花园

珊瑚砌就的门楣、院落
千年前的苏子落脚于此
他把大海的珠贝与庄子的蝴蝶
铸城筑乡，赋予诗韵
安放灵魂

像风铃一样挂在村口
挂在渔家人的篱笆墙
如屋檐下的串串渔网
摇曳千年

珊瑚贝贝围起来的四合院
我们焚香围炉。烫上一壶老酒
煮沸春风，煮沸木棉树上蠢蠢欲动的花骨朵

夜幕四合
我看见红土地上
闪动着红日的光影

2021 年 3 月 18 日

品读一：大海是友善的，也是慷慨的，赠予人类无数的礼物，她使
世界充满生机，万物得以繁衍生息。人类的生存依赖于大海，人类的发
展同样离不开大海的馈赠。大海是珊瑚的家，珊瑚又是大海里最美的花

园。用珊瑚搭建的房子多么富有诗情画意啊！连苏子的《水龙吟·古来云海茫茫》都把蓬莱仙岛的盛景安放在此。我选择《珊瑚海》作为背景音乐来朗诵，珊瑚海位于太平洋西南部海域，是世界上最大的海，拥有世界上规模最大的珊瑚体，珊瑚礁又为海洋动植物提供了优越的生活和栖息条件。海浪缓缓地拍打在岸边，柔和的钢琴声在夜幕中流淌着。沙滩上余留的温度慢慢消退，深深浅浅的脚印也渐渐被冲淡。昨日的一切都将成为过去，明天又会有新的太阳，沧海桑田时光流转大自然总会留下美好的东西。感谢大海对人类的馈赠，也呼吁更多的人关注海洋环保。（梅艺千）

品读二：此作从独特的视角将海洋文化、建筑文化、夕阳文化与东坡文化结合起来，以沉稳的诗风和充盈的诗味，深情地歌颂了千年流芳的东坡文化和崇高的为国为民的东坡精神。起笔壮阔辽远，那海洋文化、建筑文化、夕阳文化都是因为东坡文化的照耀和相融，才与日月同辉，千秋永存！在徐闻才有了最美的房子——千秋不朽会吟诗的房子。整诗结构集中，意境优美，诗味浓厚，有许多闪光点，耐人寻味。（韩双印）

8. 南极村

这里没有北极村的声名扬外
没有雪花飘飘洒洒
只有放坡的牛羊与流放的政客诗人
以及潮起潮落的日照与月辉

一天之内有很多的铁船过去

也有很多的铁骑涌来
木帆船打败军舰已成历史

男人照样赶海，农妇补渔网
游人穿过整个中国来到这里
孩童们笑问客从何处来

其实就是想看看海的样子
一转身，就把邂逅甩给了对岸
相忘于江湖

而我也只是想在这里
看看徐徐闻名的日落
看看北部湾的浪与南海的流水亲吻

再借着满天的星斗
梦游南极。假装关心
那干净洁白的企鹅

2021 年 3 月 25 日

品读："南极"游完结篇。诗中的"南极"非彼"南极"，位于广东省雷州半岛南端徐闻县。南极村里房舍就地取材多用珊瑚、贝壳建造。古朴又充满海洋特色，村民勤劳忠厚、生活简单。它是一种没有被太多污染的自然之美，清新而纯真，也是一种人与自然的和谐。苏轼经过南极村时写下了"空余鲁叟乘桴意，粗识轩辕奏乐声。九死南荒吾不恨，兹游奇绝冠平生。"赞叹村中的奇异景致。蓝湛湛的南海水与灰黢黢的北部湾，交汇相拥相吻于角尾的臂弯，无边无垠。海韵入心，海的根须渗入血脉，心海相连，生生不息。林则徐是否也曾在此写下"海到无边天作岸，山登绝顶我为峰"的绝句？豪迈的气度辉映着木船打败军舰的历史。六角型灯塔楼是中国大陆最南端的标志物，为迷茫的船只指引航行的方向，象征着希望，坚定执着始终如一不离不弃，默默守候来来往往的船只。男人照样赶海，农妇才能安心补渔网。安定祥和的生活让人舒心，闲适地看日升月落，潮落潮涨。国泰民安，万物和谐共生此"南极"，更胜彼"南极"。我选择了《海之形》作为背景音乐来朗诵，想起《维卡维卡》里写到"我多想做一个无名岛屿上的渔民，靠打鱼种椰子为生，每天都是朝阳唤我出海，落日陪我归来，星星说晚安，因为活得简单，所以也不懂什么遗憾"。大海声！海鸥声！此刻就让我做南极村的渔民吧，安心平静。（梅艺千）

悲伤的泪水灌满万千旅程
——送别孔德明台长

春风毫不多情

将一颗亮星摇落银河

悲恸从大地的酣睡中醒来

涌向无穷无尽的蔚蓝

黑夜给了我一双黑色的眼睛

我用它来寻找银河中最亮的星

白天案几前的谆谆教诲

已化作风中的滴滴烛泪

抬头星空万里

却不见夜下的你

面朝大海

已物是人非

夜色朦胧

星空寂寞

故人独远

烛光照我泪两行

记忆中那首《海岛之春》
带着北归的大雁
踏上归乡的天路
悲伤的泪水灌满万千旅程

2021 年 4 月 3 日清明节

    品读：世间万物抵春愁，今向苍冥一哭休。清明至，对亦师亦友般故友的怀念，如美丽的烟花般，意念缠绵；淡淡的悲伤，如化不开的云烟。他的教诲和疼爱会永远陪伴在身边，脑海里还会经常浮现出他微笑的慈颜；就让他在天堂里，为你自豪地笑眯了亲切和蔼的双眼。情不知所起，却一往情深，我选择纯音版的《海岛之春》来朗诵，明明是首安静的歌，悲缺不知从何而来。借此诗缅怀故人，化思念为力量。

（梅艺千）

天使在呼唤
——但丁《神曲》听课有感

我把一张白纸放进影印机
如同放进了自己
企图复印出喜悦与成就
却复印出哀伤和痛苦
以及懒惰、无知、自私
贪欲、嫉妒、愤怒
又无助

我怀疑我快被打入了地狱
却又在这人间徘徊

我把这张白纸放进
又拿出

有个天使在天堂对我微笑
仿佛被她长久宠爱着

她在呼唤着我
某天某世我能见着她

2021 年 4 月 18 日

品读：但丁是欧洲最伟大的诗人，他认为人应当克服惰性，追求荣誉，应当以历史上的英雄人物为榜样，学习他们的伟大思想和坚强意志，从而掌握自己的命运。他将一生中的恩人仇人都写入他的名作《神曲》中，对教皇揶揄嘲笑，并将自己一生单相思的恋人，安排到了天堂的最高境界，字里行间都充满了寓意。如果人一生的成功和喜悦能轻松地复制粘贴出来，那么一定如但丁描述的那样，受上帝的审判和惩罚。唯有爱让我们做出正确的抉择，这里的爱就是善念、是正直、是真理。但丁说"爱情使人心的憧憬升华到至善之境。是爱也，感太阳而动群星"。他的一生所爱——美女贝娅特莉丝用如天使之爱，感化他指引他，饮用忘川水，以遗忘过去的过失，获取新生，引导但丁游历幸福的灵魂的归宿——天堂九重天。相信自己的力量是强大的，任何困难任何希望都是人去克服和创造的。经过迷惘和苦难，最终到达真理和至善的境界。见到天堂的天使。我选择了莫扎特的《安魂曲》中"Kyrie（求主垂怜）"的篇章作为背景音乐来朗诵。其高度艺术性和深刻性的音乐表达了对生与死的思考，以及对生命意义的追问。（梅艺千）

在西昌飞机上

今日谷雨，无雨
我扯着春姑娘的裙裾
阳光的手把我托至云端
云之下
草长莺飞

想起那些神秘的词语
——酒泉、西昌、文昌

想象一块蘑菇云
托举我飞越万水千山
与那些大江大河一起
荡漾
心湖泛起微澜

2021 年 4 月 20 日谷雨

品读：酒泉因"城下有泉，其水若酒"而得名。西昌位于四川西南部，是全国彝族聚居最多的凉山彝族自治州的首府。文昌原是属星官名，有"文曲星"的说法，而掌管"文昌"的属官，则称之为"文昌帝君"。

人们为祈求文昌星君保佑地方文化昌盛，多得功名、人才而定为地名。这三个看似风马牛不相及的地方，却因为都是卫星发射中心而联系到了一起。为了便于发射和跟踪。这些地方晴天多、阴雨天少，地形开阔又平坦，坐在飞机上就能把地面景色一览无遗。在阳光明媚、四季如春的西昌，最美便是人间四月天。诗人越接近西昌，越是为无数次的火箭成功发射骄傲和自豪，心中豪迈之情越发升腾，幻想着火箭发射后产生的蘑菇云，托举着俯览祖国大地。爱国之情油然而生，激荡心灵。我选择了《春日》作为背景音乐来朗诵，春日正东风，陌上春意浓。欢快跳跃的音符，像波浪般涌向心头。（梅艺千）

遗世独立的泸沽湖

湖水把蓝举在天上
天把蓝盖住了湖面
盖住了神山
也盖住了我

这无边辽阔的苍穹
不是纳木错湖的空旷和高远
也不是呼伦贝尔草原的晴朗和明净
泸沽湖的蔚蓝，蓝得无邪
遗世而独立

哦，这人间的神灵
叫我如何不想它
我的出走只是为了取悦我自己
与任何无关

这是多么珍贵的礼物
神赐予我湖畔的倩影

2021 年 4 月 22 日

品读：泸沽湖美得遗世独立。因为纳西摩梭人成为中国最后一个母系社会，是个神奇的女儿国。"男不婚，女不嫁"的"走婚"制度在当地流传至今。在摩梭神话中，后龙与格姆是一对挚爱的情侣，他们化为山岛相望，守护彼此。泸沽湖中有一个长岛，叫作后龙山，而格姆女神山就是格姆的化身。白露横江，水光接天。纵一苇之所如，凌万顷之茫然。浩浩乎如冯虚御风，而不知其所止；飘飘乎如遗世独立，羽化而登仙。矗立在这浑然天成的秀美景色中，看着湖光山色中的走婚桥、猪槽船，感受湖风吹皱的水面，幻想着美丽动人的传说，这些都让诗人深深沦陷在人间仙境般的泸沽湖中。我选择朗诵的背景音乐是泸沽湖摩梭人传统民歌《阿注喂》。"阿注"在摩梭语里是恋人的意思，歌唱了亘古永恒的爱情，蔚蓝的泸沽湖倒映出幸福的轮廓。（梅艺千）

我此刻站在潮头，为你歌唱

家乡是一片海洋，我只是细小的海浪
但你有多宽广，我的心胸就有多宽广
那天上的云，飘的是我的梦想
那海上的船，承载着我的希望

我的海南啊，我的家乡
你连绵的群山向我呼唤
你澄碧的溪流是青春的模样
发自我心底的歌声，从青山唱到海洋

我的家乡啊，我就这样为你歌唱
你渔港里的舢板，在我心间摇荡
你甜蜜的瓜果，在我唇齿留香
我守着椰风海韵，永不离弃我的家乡

我的家乡啊，我听到了你新的乐章
你的环岛高铁，是流光溢彩的画廊
你飞驰的速度，远超乎我的想象
当卫星腾空的时候，我怎能不心花怒放？

我的海南岛啊，我日新月异的家乡
国际旅游岛，敞开了最明亮的门窗
新时代，有一面旗帜在我心中飘扬
我渴望飞翔飞翔

我的海南岛啊，生我养我的故乡
蓝色是你的海上丝绸之路
绿色是你青山碧水的粮仓
你就是一艘巨轮，从自由贸易港启航

我的海南岛啊，我生来就热爱的地方
你是最亲的摇篮和最好的职场
我此刻站在潮头，为你歌唱
用我的诗、我的情和来自大海的力量

品读： 这世上真的存在非常真挚的情感，那种情感有着等同生命的分量，那不再是虚无的意识那是真实存在的精神力量。《我此刻站在潮头，为你歌唱》正是这样一首饱含真挚情感的诗歌，每个字每个词都是发自内心的热爱。我选择了《请到天涯海角来》作为朗诵背景音乐，"请到天涯海角来，这里四季春常在……"节奏明快的旋律，激情荡漾！（梅艺千）

那一抹红

——献给党的歌谣

那一抹红

不知不觉就刻进心里

融进血液里

恪守不渝

那一抹红

小的时候听大人说

长大以后自己亲眼所见

那一抹红在心中飘扬

那一抹红

从韶山走来

在南湖里歌唱

在南昌崭露头角

在井冈山在瑞金

在遵义在延安

在西柏坡在天安门

发出世界最强音

那一抹红

今生今世来之不易

未来也将布满荆棘

或霸权来袭

或恐怖未除

但是您会一如既往

指明方向力挽狂澜

那一抹红

史诗丹青绘

千秋万代描

神州大地最靓

  品读：《那一抹红——献给党的歌谣》虽然诗很短小，但是充满了极大的能量。短短几行起头之后，情感就喷涌而出，爆发到最高点。用颜色指代红旗具有深刻的思想内涵。红旗是无数革命先烈用鲜血染红的。诗中地名一一铺陈排列映现了一幕幕艰苦卓绝而又气壮山河的宏大的历史场景，彰显它是一种前仆后继、勇往直前的英雄主义精神，昭示它是一种正确的前进方向和坚忍不拔的意志和决心。为了和诗歌的主旨与情感衔接特配了《红旗颂》。《红旗颂》是典型的三部古今奏鸣曲式结构，作品由引子、连接部和尾声三部分组成。背景音乐直接跳过引子从连接部分切入，由一段舒缓悠扬的旋律带入红旗"那一抹红"的具有象征意义的颜色符号。随着诗歌的推进旋律的深入，从缠绵舒缓到高亢激昂，既深情地追思又有美好的展望。借用音乐旋律的带入，使情感和诗歌统一。（梅艺千）

歌唱祖国

——献给祖国的歌谣

当秋风乍起

驼铃声声，响彻耳畔

大漠琴音，萦绕梦乡

分明是穿越汉唐

汉将分兵度玉关

大唐盛世策骏马

丝路不是传说

八月桂花香

煮酒论英雄

还看今朝

蛟龙潜东海

航母入西洋

嫦娥奔月翱翔

现如今，不仅仅

西北丝路扬沙飞歌

茶马古道策马扬鞭

扬帆千里

再看"一带一路"

我的祖国
爱您千秋
祝福千秋

品读:高霞既有哲人的思想,又具备诗人的情怀,她的诗构筑了自己对人生的独到见解。我非常欣赏她的文人情怀,心系祖国,惦念故土,既有大爱,又对生活的点滴保持关注,心思细腻,文采斐然用短词、长句描绘出诗情画意。今天又再一次读到《歌唱祖国》,"我和我的祖国"心心相连、一刻也不能分离的心情,音乐的线条美和律动美,创造了楚楚动人的音乐形象和丝丝入扣的情感表达。(梅艺千)

中秋诗会

——致诗人艾青

岑寂的山河

被婀娜的秋风摇醒

美丽之会

山河也要赴约

如画廊的椰城

摇曳几多梦幻

一如既往的海韵椰风

被诗情璀璨萌发

合着桂花的芳香

在榫卯中永安

七彩画布如八九点钟的太阳

等待那些精灵来描摹

佳人犹如在水一方

款款的步履深情

恰似那时的少年

时光不老

那一轮明月

在诗词歌赋的韵脚里

落坐

漂泊游荡的旅人

在霓虹里沉醉

沉醉

撩起一池子诗情画意

四面的清风徐来

这个中秋被艾青

爱着

品读： 这个诗，是用了点心的，有几个佳句，难得。

"山河也要赴约"

"在榫卯中永安"

"恰似那时的少年"

最绝的一句"这个中秋被艾青／爱着"这才是绝佳的新诗诗句，联想奇特而熨贴，表达的意思很直接但又有很多多元的含义。

一首诗，这样奇异的句子，一定要多一些。敷衍成句的一定要少些再少些。（清秋子老师）

此刻，月光落在安远无为塔尖上

南海的风

把我吹至客家之乡

安远不远

我们来了

六面九级的古塔

熠熠生辉

宋时之月

照今时之夜

金星伴月悬挂于塔尖

倒映濂江之水

哦，一枚宋词让月色迷离

让我沐浴暖阳

那个时候有马匹

有暴动、有革命，还有叛徒

你守卫客家儿女

驱除心魔

我曾是一叶扁舟

四海漂泊

此刻，心安处

月光落在无为塔尖之上

梦幻西街坝

眼前的西街坝街灯亮了

飞檐斗拱毓秀灵动

一个异乡人

仿佛是在皇城根脚下

寻梦寻梦

一个帝国的繁华

潋滟眼眸里的濂河

荡漾荡漾

心头的波涛汹涌

澎湃澎湃

脚板下的青石油光锃亮

仿佛是姑娘家的梳妆台

那天上的街灯

连缀这浩荡人间

季节的暖风吹拂发梢

你侬我侬

此刻

我愿意把梦里梦外的乡愁

让西街坝认领

水墨鹤子　一身诗意

云和风都慢了下来
草木也是。慢慢地绿
慢慢地绿成一棵树一丛林
我沿着蜿蜒山路逶迤蛇形
仿佛闯进桃花源仙境
起伏的丘陵地形裹起一身诗意
风、水、天空、云朵都慢了下来
宛如千寻瀑的鹤子镇啊
风的温度水的柔情天空的表情
云朵的多情晃动着
日子的富足和喜悦

这是在赣南
在一个叫鹤子镇的乡村
远山近峦，田畴秀野
智运快线把水墨江南快递了过来
我多想成为这快线上的螺丝钉
连接春光

三百山的传奇

秋露浓缀，初冬暖煦
我策马扬鞭闯入三伯公领地
与三百山撞了个满怀

声声马蹄
我与三伯公擂鼓布阵，撒豆为兵
此刻，流云漫过山巅
天宽地阔

高峡飞虹，知音泉处
我掬起琼浆玉液与青山对饮言欢
与天空对影成三人

如果此刻，刚好有一只水鸟飞过
我不会欢呼雀跃
我会拾起一块石子
扔进东风湖
如同把爱扔了进去

水波潋滟

清溪细流汩汩流向东江

奔向香江

我端坐将军椅拨琴，泼墨于湖畔

对一个湖泊表白，与一座山热恋

续写三百山的传奇

哥哥，请陪我到东生围屋吧

哥哥，如果可以

请陪我到东生围屋吧

来，哥哥

让时光倒退

来到东生围

来到乾隆盛世

续写万世恋歌

旷世方围，茶曲依语

我的裙裾内孕着春花秋实

你的青衫里装着风雷闪电

且让我们在白墙青瓦里沉醉

直到月华如雪落满中庭

月朗风清，冬月皎皎

我立在门槛

喊一声：哥哥

今夜不妨在此围屋暂居

明日一起看尽濂河两岸

桃红柳绿

赣南脐橙

你在山坡上含笑
一枚枚果实从时空深处走出来
走进千家万户
你用脐带连着大地
扎根红土地，和光同尘
你低到尘埃里
低到刚好能吸允大地母亲的乳汁

你被秋天染黄
你把山川镀上了金
一颗果实挤在一堆果实里
这山川充盈着客家人金色的梦

你掏出赤子般胆汁
回馈红土地，回馈东江的哺育
回馈这红色故都
"橙"心"橙"意

我用苍白的文字
怎么也描绘不出你
平凡又金贵

高山之下

——记安远美丽乡村

高山之下

走马楼，琴瑟和鸣

风火檐，烟火升腾

老围屋围出客家人的精诚所至

新楼宇羽化客家人的推陈出新

我跨过千山万水来到这个村口

是什么在呼唤？是青梅或是竹马

是炊烟！是那个曾经

坐在门楣下听故事的小女孩

和巷口里吹口哨的男生

看不见的乡愁

从水牛的哞哞声里涌来

从父老乡亲的琴棋书画中传来

我在村里

小声地为你朗读一首小诗

然后，缓缓步出村子

蓝色妖姬

——记安远彩色旅游公路

飞越苍茫抵达绵绵三百山

满目翠绿，天空阻止我尖叫

——多么神奇啊，这蓝

禁不住喊出：这是蓝色妖姬

此刻

阳光秀出青山的倩影

它把天空的蓝静静地铺在山谷

抚平旅人心窝皱褶

如果不是空降不是脸贴着这蔚蓝

以为是悬在梦里

悬在无涯的星空

惊魂不定

我一个外乡人

忽然落入这仙境，怦然心动

我任性地坐进它的怀里

情迷意乱呵

我把额尖扣住这多情的红土地
多么希望叩出一个永恒的印记
三生三世枕上书写
这蓝色妖姬

我要把这蓝摁进心口啊
摁住这神仙山的密语和灵感
安放无路可去的文字。而此时
我的诗篇是黯然失色的

安远不远啊，近在眼前
三百山不再高不可攀
东风湖不再深不可测
我臣服这天空之镜

涌潭古村

暖阳穿透斑驳陆离的万年岩石

浸润着千年古村的犄角旮旯

村庄，依然在沉睡

等待蛰伏的春语来唤醒

五百年前的古榕树下

飘荡着百岁阿婆的歌谣

一如那年待嫁的新娘

风情不减当年

南国的花不谢

草不枯。爱情不老

是我的诗句荡漾你的春心

还是你的梦幻溢满我的诗行？

漫步千年古村

沐浴亿万年的日光

彩蝶在飞，云霞在舞

我在欢呼雀跃

掬一口甘泉

侧耳倾听千年的马蹄嘀嗒穿来

那是期盼已久的情郎

胜利而归

围炉夜话

噗嗤噗嗤的火苗

烹煮万年物种

老茶树一节一节述说着光阴故事

乡音穿透山前屋后的熔岩孔眼

在青石板上寻找着密语和灵感

写一封情书送给乡愁吧

春至美德村

潇潇雨歇，春风拂面
暖阳落在珠崖郡
木棉比照红日
踏春去

行至长水流潺处
门前一对长联贯长虹
门内一池荷塘银波潋滟
三姓人家和和美美，祠堂并列
各自安然

我曾跋涉千寻，蓦然回首
那甲山、那甲泉、那甲溪
还有那一样人家
是我梦里家园呵

一路轻声细语
生怕惊扰半亩方塘里的睡莲
朗朗书声从竹林深处飘来
灵山庙里的神仙怡然

麦氏巷口三株百年椰子树

等游子们归来

掬一口老井清泉

把倩影留下吧

白沙陨石坑

从一场春天结束开始春天
花苞嫩芽重回枝丫，浴火重生
没有什么可以阻挡

时光在欢乐中巡游
在忧愁中埋葬
无须多言

雾霾雨水皆是序章
冬天的疼痛春天知道
冬是寂寞的
夏要疯狂
只有春清醒

千回百转寻觅
绵延山坳匍匐于陨石坑
一片叶子生长七十万年

此刻，音乐徐来
来自山雀弹奏的木棉枯枝上

写首诗吧

这是最佳的示爱

致春天

雨水至汇水湾

霭霭停云

濛濛时雨

挡不住佳人有约

巧兮倩兮

美眉归来兮

良朋悠游自远方归来

何邓置席畅饮汇水湾

清酒满怀酽茶暖心

亦歌亦舞

谈笑皆鸿儒

我们互相拥抱

就像拥抱着春天

第二辑　庚子年的春天

致追赶日月之民航人

窗外的鞭炮声声

像春风似春雷

吹绿奏响大江南北

我乘云霞出发

趁你还没醒来

我悄悄地离开

请你用南渡江之水酝酿海南米酒

用万泉河之泉浸泡五指山绿茶

等我归来

如果你有想我

请追随天上的日辉

我披星戴月

归来

在发动机的轰鸣中

我眼含热泪

我爱你

如同爱这美丽的山河

除了与它一起脉动

我还能做什么呢

请让我

借电波与你一起庆祝

春天的到来

2020 年 1 月 25 日正月初一

  品读：此篇诗文写于正月初一，不禁让人心生感慨，每年春节举国上下都沉浸在合家团圆、辞旧迎新的欢乐气氛中时，有很多的人因为工作原因和肩上担负的责任，使他们没法和亲人团聚、享受天伦之乐，这其中就有民航人。为确保春节期间平安及正常运行，他们坚守在岗位一线。坚守和责任，说起来既简单但又沉重。责任从本质上说是一种与生俱来的使命，是对自己所负使命的忠诚和信守。每架飞机的起落安全都与这群民航人的工作职责密不可分，他们只有尽职尽力才可以保证飞机和乘客们的安全。日复一日、年复一年，为了确保飞行安全，为给乘客提供最优质的服务，多少人放弃了节假休息，牺牲了多少与亲人欢聚的"天伦之乐"；又有多少人"披星戴月"，奔走在家和机场之间，用青春的热血谱写了多少"奉献者之歌"。爱是付出、是给予、是奉献。责任如山，大爱无边。我选择了经典曲目《奉献》钢琴版作为朗诵的背景音乐。你们是昂首高亢的雄鸡，唤醒拂晓的沉默，你们是冲天腾飞的巨龙，叱咤时代的风云。感谢高霞这样坚守岗位、可爱可敬的民航人。（梅艺千）

珞珈山的樱花开了

白，君临荆楚大地

爱，溢满山川湖海

天使之恋，燎原华夏

你宛若蝴蝶。无数只晶莹剔透的蝴蝶

在这个苦寒的春天翻飞，轻盈地

搅动我们泪泉两行

一行留进心里

一行流经江城

泪泉浇灌珞珈山的早樱

盛开

灿若白雪

美丽如昨

2020 年 3 月 1 日

春殇

才在枯枝中呼唤你的名字

而你已随风

飘落树丛

双手才捧起馨香

你却已经玉殒

了无痕

那一场场花事啊

是一曲曲激荡回肠的歌谣

在你的步履匆匆之中

湮灭

你决然而然离去

已然化作魅影

留下错愕不已的我

立在斜阳里

不知所措

2020 年 5 月 1 日

品读： 读完《春殇》突然想起宫崎骏在《千与千寻》的一段话："我只能陪你到这里了，剩下的路你要自己走完，不要回头。"生命脆弱易逝，虽错愕不已，但也只能勇敢面对，坚强接受。人生如梦，几度阴晴圆缺，轻叹流年，弹指一挥间，蓦然回首人到中年。看着镜中的容颜，心中溢满了太多的感慨和无奈。孩子尚未成器，父母已临垂暮。敬老抚幼之任怎敢懈怠。也正如村上春树所言：所谓的成长恰恰就是这么回事，就是人们同孤独抗争，受伤、失落、失去，却又要活下去。我选择了《千与千寻》中的插曲《月光下的云海》作为朗诵的背景音乐，曲调中有对过去美好的留恋、惋惜，也有孤独但浓烈的爱意，爱着田野里的花朵、小草、树木和河流，周围的一切。生命向前看！（梅艺千）

鸡蛋花

北国的桃红梨白

纷纷扬扬，乱红悄然坠落

南国的你，款款而来

千朵万朵嫣然在枝丫

素衣浅笑。乳白的花瓣沾染些许蛋黄

宛如蘸点胭脂的少女，飞花万盏

轻旋间，便乱了春夏

是岁月中的檀香一抹

飘逸出温润的春色和香气

千般柔媚

此时，草木春深

你在通往夏日的路上

静静开放，别样的花事

已然铺开

2020 年 5 月 2 日

品读： 鸡蛋花树形美观，显得婆娑匀称。树干苍劲挺拔，很有气势；树冠如塔盖，开花后，满树繁花，花叶相衬，清香淡雅。鸡蛋花被南传佛教定为"五树六花"之一，在东南亚等国的寺院被广泛栽植，又被称为"庙树"或"塔树"。中国佛教协会会长赵朴初先生曾认为鸡蛋花之名俚而不切，故根据其与佛教的紧密关系，改名为佛香花。并为其赋诗——《浣溪沙·咏佛香花》："水晕鹅黄上素衣，清馨时度一丝丝，香严自是佛前宜，微笑早参言外意，嘉名今入篚中诗，落英拈起海天思。"鸡蛋花开在落英缤纷春夏交替之时，没有瑰丽炫目的色彩，也没有纷繁复杂的花形，其花瓣颜色简单，最常见就是乳白和藤黄搭配，显得简洁大方。远观鸡蛋花，它给人一种干净清爽之感，近看便会被其内在浓郁的"色彩"所打动，黄色代表着温暖和明亮，仿佛孕育了无数的希望。鸡蛋花的花语是爱，平凡的人生和单纯的爱。正如同我们的人生，绝大多数时候都是平淡无奇，但是当我们走过岁月，还是会留下些许痕迹。那些在生活中教会我们爱的人和事，总会留下了深深浅浅的印记。这些爱发酵溢出，幻化成那一朵朵乳白淡黄的小花，不耀眼但是也不会被忽略，滋养温暖我们的心田，陪伴我们在人生路上继续前行。我选择了《花开见佛》诗配乐朗诵。古琴与葫芦丝的演绎禅意绵绵。如鸡蛋花一般平凡、自在、柔美、祥和，才是人生真谛。（梅艺千）

潟湖之光

这天穹、微风、清波
那镰刀般明晃晃的月儿
勾勒出圆嘟嘟的夕照
静静地立在暮春里
犹如母亲的臂弯
轻摇，婆娑
船只、海鸥
低回

海甸溪落入其中
那座桥、那烟火也落入其中
心是镜湖的倒影
眼眸闪光
与落霞相映照
与三角梅争辉
不惊动这新绿
这寂静

2020 年 5 月 4 日

品读：《释名·释山》中记述："山东曰朝阳，山西曰夕阳，随日所照而名之也。"夕阳的景象壮观、绮丽，而且神秘迷人，它让人心驰神往。它不似朝阳般喷薄欲出，骄阳似火，落日的余晖永远既不明亮刺眼，也不漆黑一片。一样可以发出耀眼的光芒，这种光芒很柔和，不是很强烈，很缓慢，让你慢慢品味，夕阳在用自己的方式展现自己独特的美丽。夕阳有诗情，黄昏有画意。此时暮春的天穹就好像母亲温暖的胸膛，夕照把月儿勾勒成母亲慈爱的臂弯，拥抱着归航的船只，回巢的海鸥……在晚霞、三角梅装点下，水光潋滟，绚丽斑斓的海甸溪此时就如镜湖的倒影一般映入了心底。夕阳之后如果不是永夜，那么夕阳就是朝阳的缔造者。从这个角度说，夕阳并不是终点，只是另一个起点，代表着一种永恒。春夏交替，时光荏苒。感受到的是诗人热爱生活，执着人间，坚持理想而心光不灭的一种深情。朱哲琴在《天唱》里唱道："最后的死去和最初的诞生一样，最后的晚霞和最初的晨曦一样，都是太阳辉煌。"我选择了《穹镜》作为背景音乐来朗诵，风华之上，穹镜而立，在海浪声中感受天穹的宽广、震撼，又包容无限。"烟火也落入其中／心是镜湖的倒影"，多么美妙的诗句！（梅艺千）

能够这样，多好

能够在夏日的午后
翻阅几页闲书，写几段闲话
即便云层汹涌，排山倒海
暴雨倾盆，天开云断

能够在夏日的午后
漫无目的地奔跑，在街角
遇见你。嗨，你也在啊
各自折一朵夏花相赠
然后转身离开

能够在夏日的午后
疯狂地跑，痴狂地跑。一个人
至海边，只为那一瞬间等待
夕霞把江河染成琥珀色
把我的脸颊，苍白的脸颊
染红

任凭那一阵阵滚烫的热风啊
从麻木的脸颊上落下来

滚到冰冻的心里

燃烧

2020 年 5 月 11 日

品读：夏日雨后一个人的浪漫，真好。有雨声、有遐思、有依恋、有黯然、有挥别、有羞涩、有甜蜜、有目送、有声嘶力竭。林清玄曾说："什么是浪漫？浪漫就是浪费时间：浪费时间慢慢走，浪费时间慢慢喝茶，浪费时间慢慢吃饭，浪费时间慢慢思考，把你的生活步调放慢，这就是浪漫。"此刻只需要听着音乐，安静地伫立，听画里的人默默讲述……感受浪漫。我选配的背景音乐正是《一个人的浪漫》。（梅艺千）

小满

春日短，夏日长
布谷鸟的布谷声声
与蛙声琴瑟和鸣
高一曲低一调在旷野里放歌

麦子抽绿，稻粒肿胀
田埂顶着烈日，抱着斜阳
谱写着初夏平平仄仄的韵脚
春天在左，秋天在右
小满在耕耘着希望

风啊，你在痴情地结下爱的种子
抚摸它那高昂着受累的头颅
向大地母亲低吟爱的民谣
内心的圆满笑成一弯镰刀
收割欢喜

我在黑暗中
摸索着一支烟
企图升腾起胸膛的炉火

把故乡的金黄

点燃

2020 年 5 月 20 日

    品读：连雨不知春去，一晴方觉夏深。万物来去自有其时序。古人是如此智慧，创造出这样一个词语并作为节气之一。小满即夏熟作物的籽粒开始灌浆饱满，但还未成熟，只是小满，还未大满。在节气中小满只是作物收割前的一个良好状态，还得经过一段时间成长才能收获，在这样一个阶段，心中溢满了期待，对未来美好的憧憬。抱怀希望的人生多美好啊！多值得歌颂啊！小满，原来才是人生最佳的状态。风雨人生过，入夏小满来。期盼胸中永远都能点亮那故乡的金黄。我选择了一首《满夏与距离》作为背景音乐来朗诵，轻快充满生机的乐曲让人精神为之一振。（梅艺千）

风筝

——写给六一儿童节

风是你的翅膀

薄薄的羽翼轻盈，舒张

投影在太阳的波光里

云之上。自由是你的座右铭

线与竹片是你的骨骼

支撑着飞翔的梦想

2020 年 5 月 31 日

品读： 风筝为中国人发明，据古书记载："五代李郑于宫中作纸
鸢，引线乘风为戏，后于鸢首以竹为笛，使风入竹，声如筝鸣，故名风
筝。"故而不能发出声音的叫纸鸢，能发出声音的叫风筝。风筝在中国有
着两千多年的历史，它通过图案形象，给人以喜庆、吉祥如意和祝福之
意。有史记载，南北朝、北齐、汉朝都曾把风筝作为军事上的用途而存
在。直到唐代时才转化为娱乐用途，并于宫廷中放出风筝。到了清代关
于风筝娱乐有了著名的诗句："儿童放学归来早，忙趁东风放纸鸢。"有
过放风筝经历的人，一定知道，风筝在顺风时很容易起飞，猝不及防就
会被狂风带着，随风刮走，甚至跌落在地。风筝只有在逆风中才能飞得

高，在蓝天中遨游。阻力也是动力，而人也只能在逆境中才能成长得更快，青春是奋斗的过程。诗人在儿童节写的这首《风筝》无疑就是一种对生命的觉悟。树立坚强的信念，支撑起自由飞翔的梦想。我选择了八音盒版的《风之谷》作为背景音乐来朗诵。简单纯粹空灵的声音，带着梦幻的愿望回到童年。《风之谷》影片中有段描述与《风筝》这首诗立意很一致："有着白翼的鸟人使徒，其人身着蓝衣降临于金色的草原，引领人类走向新生。"借由音乐和诗，怀揣希望，憧憬美好未来。（梅艺千）

小海意象

小海，如我温婉的母亲
脸庞上波光潋滟
如天上的繁星
一闪又一闪
众多孩子奔向你的怀抱

小海，如我瘦弱的母亲
眉宇间布满愁云
犹如天上的乌云
一片连着一片
怎样才能养育这些孩子

小海，如我刚毅的母亲
心头充满力量
执拗着倔强着
前行
扛起千斤顶
从东方
再度启航

2020 年 6 月

品读：《小海意象》写的是海，读到的是生身母亲的爱，也是祖国母亲的大爱。蓝色的海洋就如同母亲温暖的怀抱，抚育了你终成为青春的脸庞，挥手告别的光阴不再回头，抬头看那苍老的目光依旧温柔。《德卡先生的信箱》写到："从小觉得最厉害的人就是妈妈，不怕黑，什么都知道，做好吃的饭，把生活打理得井井有条，哭着不知道怎么办时只好找她。可我好像忘了这个被我依靠的人也曾是个小姑娘，怕黑也掉眼泪，笨手笨脚会被针扎到手。最美的姑娘，是什么让你变得这么强大呢？是岁月，还是爱？"母亲，你养我大，我养你老，世上最美好的事莫过于，我已长大，你还未老，我有能力报答，你仍旧健在；对不起，从未让你骄傲，你却待我如宝！愿天下的母亲健康长寿。我选择了吉他与口琴合奏《献给母亲的歌》作为朗诵的背景音乐，如泣如诉的曲调，牵动着儿女的心。（梅艺千）

我喜欢

我喜欢丛林中探出头来的花冠

以胜利者的姿态向我显耀：我不卑微

我喜欢削破脑门往天上冒的树干

以勇士者的身份向我示威：我不胆怯

我也喜欢山坡上贫瘠土壤里

那些葳蕤生长着的野草

它们颤颤巍巍向我示好

我蹲下我卑微的腰身

抚摸它们

一遍又一遍

我还喜欢石缝里拼命冒着香气的小花

像极了小孩儿，羞羞答答地

露出还没长齐牙的笑脸

2020 年 7 月

品读：生命是何其勇敢，是丛林中的勇士，是森林里的胜利者。既然选择的目标是地平线，那么无论土地贫瘠还是坚硬，不管寒风冷雨，这颗代表生命的种子，都会顽强地破土而出，奔向天空。当选择了远方，就必须永远向前，当选择了光明，就必须挣脱黑暗，当选择了荣耀，就必须战胜怯弱，当选择了信念，就必须誓死捍卫。失败算什么，挫折又算什么，勇敢地活着，终将会看见曙光。我朗诵选择恩雅的 *Only Time* 作为背景音乐，这首曲子磅礴大气，又优雅低沉；风轻云淡，无欲无求同时又充满哲理，振聋发聩；净化圣洁，又有生命真善美的慰藉。茫茫宇宙，山河尘埃，光阴荏苒，一切唯有时间可以诉说。马特·海格的心理学著作《活下去的理由》中曾描述："如何停止时间：亲吻。如何旅行时间：阅读。如何逃脱时间：音乐。如何感受时间：写作。如何释放时间：呼吸。"用生命见证时间，勇者无惧，时光打磨一切，让未来圆润和美好，时时展露笑脸。（梅艺千）

翡翠山城之恋（组诗七首）

（注：翡翠山城是五指山市的美称）

1.一座山的呼唤

——致五指山

一座山的呼唤

一次次地走进你

一次次地膜拜顶礼

一如你张开的五指升腾

我的躯体我的希冀

驾雾腾云犹如孙猴子

飞翔于你的领地

我的福地

犹记得那年那月

混沌初开

从东山之脚

小海之滨

哼一曲船歌

以诗作帆。一颗心痴迷地

洇染着高悬的你

拾级而上

此后
我在阿陀岭在水满乡看到的五指山
像神鹰展翅飞翔
我在南海看到的五指山
像南海神龟隆起的脊背驼峰
这是一座神山啊
守护着中华之南大门
始祖袍隆扣的神来之手呦
奋神威之力，长身躯以万丈
庇护着琼崖胜地

至此
山清水秀　海碧天蓝
惠风和畅　五谷丰登
黎民安生也

　　品读：在我国文化史上，"山水美"的发现及其表达，都有一个不断深化发展的过程。《诗经》中的自然风光，最初是作为人的活动背景出现的；到了《楚辞》中，天地山水才开始抹上"人的灵光"。山川灵气，与人的生活息息相通，能激发人的生命潜能，塑造人的生活方式，改变人的精神气质。山水美又能融入人的生命运动，成为人的精神资源。五指山作为海南第一山，以雄、险、奇、秀著称。这五座山，原名五子山，因像五个手指指向苍天，又被称为五指山。因为黎、苗少数民族长期聚集于此地，千百年来积淀了深厚的民族传统文化底蕴，始终保存着海南最早的文化形态。五指山的神话传说都与居住在此的先民有关，对他们而言五指山就是一座自然魅力的庄严神山，是他们最崇敬的圣地要顶礼膜拜。期望始祖袍隆扣守卫土地，保护人畜安全兴旺，期盼幸福生活。迷人的自然风光和独具特色的文化，总能陶冶人的行操，也净化了人的心灵。我选择班得瑞的《微风山谷》作为朗诵的伴奏音乐，乘风而行，跟着地形的起伏而滑行于山谷间各个角落，感受平原的辽阔，山峦的雄伟，赞叹造物者的鬼斧神工。（梅艺千）

2. 一条河的抚慰
——致南圣河

夕阳的红唇
吻上我的额头
印在你的心窝
我凭栏举目
热泪滑落成滚烫的诗行
滑落在美丽的南圣河
——翡翠山城的母亲河啊，我哭了

你也哭了吗？这山色空蒙的河畔
雾霭呈祥，乾坤朗明
为何忧伤？为何落泪？为那流浪的魂魄

无处安放？一颗颗疲惫的心
从南渡江、昌化江、万泉河
涉水而来。在你怀里
栖息
安详

品读： 五指山是海南岛的脊梁，孕育了海南的种种生命。海南的三条大河都起源于五指山：南渡江、昌化江、万泉河。她们的源头都在五指山上。水有水的性格——灵动，山有山的性情——沉稳。水的灵动给人以聪慧，山的沉稳给人以敦厚。母爱如水一般有灵性，父爱如山一般稳重。如果五指山是深沉的父亲，那么南圣河就是温柔的母亲。南圣河这条从昌化江上游蜿蜒六十多千米穿城而下，将山城一分为二，世世代代地滋润着大地，哺育着人民，成为海南文明发展的摇篮。是五指山人当之无愧的"母亲河"。南圣河悠长的河流，弯曲的河道，原生态的形态，形成一道十分优美的风景线，给人以无限的遐想。"智者乐水"。用心去悟水的灵性，像水一样周流无滞，不断追求，乐在其中。人与自然万物，山水之间息息相通，人有情，物有感。我选择了钢琴曲《生命的溪流》来伴奏朗诵，在生机勃发的细流中，体悟自然的醇美。跳跃的音符如滚动向前的河水，生命不息，奋斗不止；舒缓的音乐又让疲惫的浪子有了安然回归的方向，栖息安详！（梅艺千）

3.一棵树的心经
——致槟榔树

你总是把头颅高高扬起

腰板挺直，脖子伸拉

仰天长笑

不理会明枪暗箭

不理会蚊虫侵扰

甚至不理会季节的轮转

天空还是昨日的天空

云彩也是昨日的云彩

冬天来了你期许春天

叶子黄了你不忘记抽绿

原来呵，你不惧风雨

一直都在与云彩

比翼齐飞

品读： 槟榔树在高温雨量充沛的海南大量生长，海南岛不少地方都把它视为驱逐瘟疫的植物，驱瘴逐疬。槟榔树又是长青树种，没有枝丫，又不分叉，树干笔直，树身浑圆。清代诗人陈肇兴也曾刻画了它的身姿："蒲衣剑佩绿纷披，直干亭亭出短篱。拔地数米才展叶，擎天一柱不分枝。"这样长青的无所畏惧，昂然挺立于天地间。诗人刘穆之也赞叹槟榔："飓母秋风自适时。"不惧台风侵袭，也不怕寒潮影响。犹如一位自由自在自查自身的觉者。淡定看人生，宁静看自己。学会挥袖从容，暖

笑无殇，终得比翼云霞。我选择了《树的记忆——观心》作为朗诵的背景音乐。在冥想曲中感受树的心经。（梅艺千）

4. 一亩地的诉说
——致黎家阿哥阿妹

春天来了

我在山坡等你

我用花香编织成草帽

等你一起采集五指神山的第一缕阳光

木棉花开的第一声尖叫

山谷寄来的第一滴清泉

黎家阿妹的第一句诗行啊

染红山岗的木棉花

妖娆怒放

这是爱的火焰点燃

夏天来了

我在山坡等你

我用夏虫穿成一串串铃铛

等你一起来摇醒沉醉的山峦

我用蓝天白云为你续写华章

山谷里的凤凰花开播撒盛夏的种子

我带着一路竹韵的清凉

送给辛勤劳作的你

告诉你我有多爱你

告诉山坡上的神兽

这是我和你的家

一亩山栏地的家

山峦上的瀑布啊

等你来洗涤蒙尘的心间

来聆听大山的回音

来期许今世的情缘

我要挽着你

走过开满稻花的山坡

亲吻稻香

期许来年春天

酝酿浓郁的山栏米酒

夜晚，我要点上炉火

红袖添香与你

读一阕诗词

关于流年

关于烟火

关于生香活色

品读：黎族儿女的社会生活，至20世纪50年代，依然保持着类似氏族社会的"合亩制"。所谓"合亩"，黎语称为"纹茂"，即家族的意思。《汉书·地理志》记述：海南岛骆越人"男子耕农，种禾稻、苎麻；女子桑蚕织绩"。这种生产分工形式，可说是经历了两千多年而没有实质的变化。绘于清中期的《琼黎风俗图》就生动地再现黎族先民在这片土地上生活的传统风情，图文并茂地描绘了黎族群众建屋、编织、耕种、对歌、嫁娶、渔猎、涉水的社会风俗。捧在手心里是土，踩在脚下是地。跪的是土，拜的是地。叶黄归根，花落成泥。土地是生命的祖先；土地是灵魂的归宿；四季风景在土地里留下了许多诗情与画意，豪迈和壮美着人心所颂扬的诗行。黎家儿女的生产、生活甚至情感都与这片热土息息相关、形影不离。《一亩地的诉说》正好为《琼黎风俗图》作了诗意的完美解读。我选择了管弦乐曲《黎族》作为朗诵的伴奏音乐。歌曲在音乐语言上体现出鲜明的黎族音乐风格和特点，苍劲中透着华丽，带着淡淡的忧伤，汩汩流入心田。（梅艺千）

5. 一片茶园的坚守
——致椰仙茶园茶女

盛夏的山间碧空如洗

我们来到五指山椰仙水满乡茶园

见到当代的黄道婆

她不织布她织茶

她种茶采茶说茶扬茶

一个高学问的汉家女
犹如《诗经》里的采薇
采薇采薇，薇亦作止

彼时此时，她的五指尖
犹如五指峰峦指点茶山
煮茶恭候四海宾朋

峰峦掩映下的青山如黛
只见逶迤梯田满目葱茏

曲径通幽山歌传来
犹见当年的紫藤正摇曳生姿
在她的指尖间缭绕不绝
犹见炊烟袅袅茶汤浓情
细数流年的日子如珠玑
灼灼其华

品读：盛夏山林间，采茶女迈着轻盈的脚步款款而来，伴随着一阵阵悦耳动听的歌声飘浮入耳，那身段那笑容，心早已沉迷于那抹茶香里，醉了满心的呢喃。走进茶园，那扑鼻耳闻的香味飘至鼻间，让人流连忘返，沉醉于茶园，寂静中跃动着的一片片绿意盎然。双手在枝叶间舞动，时而独奏时而合鸣，眼眸在丛中飞，指尖在枝上跳，一叶叶细芽飞入篓中，刹那间茶篓中的绿茶满溢。都晓春共山中采，香宜竹里煎。哪可知足蒸暑土气，背灼炎天光。"薇亦作止""薇亦柔止""薇亦刚止"，种茶之艰辛与薇菜一般无二，都要循序渐进辛苦耕耘。从破土发芽，到幼苗柔嫩，再到茎叶老硬。岁初岁暮，物换星移，始终不变的是一份茶人的坚守。艳唇云鬟迎晓日，红颊褐衣送晚霞。茶女收获的不光是满篓的新绿，还有对未来美好生活的憧憬。山中岁月虽长，灼灼其华似珠玑。我选择了《茶香四溢》作为朗诵的背景音乐。一曲古风雅韵，琴筝清丽，笛声悦耳，放眼云雾缭绕之山涧，随乐至茶园，采撷几叶，捧至手心，深嗅其香，小火粗熬，手剪茶烟。茶如人生经火热之水浸泡，初饮虽苦涩无甘，后味却清香宜人，杯盖之中余香尽留，耐人寻味。（梅艺千）

6. 一织黎锦的荣光
——致黎家阿婆

她这样端坐着，如定海神针

铺开双腿。脚板缠着五颜六色的丝线

如同她布满青丝的双鬟

纵横沟壑，棱角分明

丝线在她干枯的手指尖飞舞

仿佛是在拨弄一把古琴

琴音漾满神山

我知道她在等我，也等他

等吹箫的阿哥。她的双眸

在空蒙山色中

愈发明亮

品读： 清代杂学家屈大均在《广东新语》曾记述黎锦："其出于琼者，或以吴绫越锦，拆取色丝，间以鹅毳之绵，织成人物、花鸟、诗词，名曰黎锦。"具有三千多年历史的海南黎锦被誉为中国纺织界的"活化石"、黎族的"甲骨文"。黎锦技艺是一项纯手工技艺，黎族妇女通过简单的纺织工具，用自己勤劳的双手织出华美的黎锦，具有很高的艺术价值和审美价值。黎锦传承人是黎锦保护传承过程中的载体，他们是黎锦得以传承至今的"生命线"，黎锦的传授方式主要是：母女相传、婆媳相传、传习所传授。这种从刀耕火种时代，就传承下来的传统手工艺，在传承方式、市场经济现代化浪潮冲击下，加上黎锦传承人出现老龄化趋势，黎锦的现状岌岌可危。值得庆幸的是，2006 年黎锦传统手工技艺成功申请进入国家首批非物质文化遗产名录，得到更加广泛的重视和发展。诗中的黎家阿婆就是这样朝耕暮耘、百折不回，凭借着勤劳的双手将黎族传统文化中绚丽的奇葩，中华民族文化宝库中的瑰宝一代又一代，生生不息传承下去。我特别选择了黎族《织锦歌》作为背景音乐来朗诵。在此感谢深俱情怀的诗人写出这首《一织黎锦的荣光》用诗歌的方式传承黎锦，也呼吁更多人来关注黎锦，关注海南独有的民族文化。（梅艺千）

7. 一个民族的图腾
——致袍隆扣

我在通往神山的天路上奔驰
一条长龙就在我的羽翼下飞舞

过江、过河、过定安、过屯昌、过琼中
直抵梦中的五指神山

山峦掠过一只唐朝的鹰宋朝的隼
黎人晃动明晃晃的刀枪
那是辟地开天的火种啊
指引我再次飞向你

这是巨灵伸一臂，五指一张
犹如丘子指点云海指向中原

我从浩瀚无垠的南海驾帆而来
我从波光潋滟的小海涉水而来
似乎进入了天国
——神的国度

我置身于峰峦之巅
大地再也不能把我牵引

我与鹰隼对视，向神山顶礼
我与霞光私语，向神山示爱
我与祥云厮磨，向神山叩谢
我与黎苗鼓箫，向神山诵音

你把山川刻进肌理

你把江河注入血脉

你把日月装进胸膛

你把星辰挂在眉梢

雕刻吾辈网渔的印记

刻录先祖种火的基因

大力神的恩泽呵

绵延不绝

经略四夷

图腾

2020 年 8 月 1 日参加省民宗委五指山学习培训及采风活
动所得

　　品读：这是作者五指山组诗之完结篇，虽各自成篇，但环环相扣，
最后达到高潮！我读罢感叹颇多。黎族民风淳朴，信仰原始，"袍隆扣"
是黎语的发音，意思为"大力神"，是黎族人祭拜的祖先。黎族始祖，其
心之爱，其智之慧，其情之朴，其志之坚，其力之神，其功之高，其德
之厚，其泽之远，后人永久铭记也。传说盘古开天地，身体发肤化作江
河山林，而黎族传说中的祖先袍隆扣，便是盘古。巍峨的五指山，便是
袍隆扣伸出的一只擎天巨掌。从万物有灵到巫风盛行，从天命神授到制
礼作乐，图腾从未改变，深深铭刻进黎族同胞的血脉，是祖灵，是族魂，
在一代又一代虔诚的供奉中愈发庄严。笛箫同仙，钟鼓通神。我第一次
尝试了编曲，把几支中国鼓的音乐混编在一起作为背景音乐来朗诵，通

篇贯穿大量鼓点，辅以弦乐，音乐和诗赋予这首诗更加强劲的气势，使人有一种圣洁辉煌、气韵悠长、坦荡辽旷的感受。泱泱华夏，赫赫文明，仁风远播，大化周行。用悠远古朴苍劲豪迈的鼓声，向大力神顶礼、示爱、叩谢、诵音。（梅艺千）

洋浦千年古盐田

翻开千年古盐田的历史

洞见你的历史与日晒盐的历史

已然写进苍茫大地

海南最早也是最后的日晒盐

已然成为了历史

如今留下美名：旅游胜景

是的，旅游胜景

今天，我如一千两百多年前的先民

被某种诱惑，蹚过这一片海域

你面对蔚蓝，耕海网渔

我面对蔚蓝，静默无言

这一垄垄一方方的砚式盐槽啊

是落入凡尘的精灵

是石头的脉息与海水的厮磨

将唇舌的味蕾定格

如白莲花开

2020 年 9 月 18 日

品读：海南岛的西北部沿海地区因常年太阳辐射强、年均气温高、日照长、风速大和蒸发量大等因素，成为"晒海成盐"的好地方。北宋柳永的《煮盐歌》就曾这样描述："年年春夏潮盈浦？潮退刮泥成岛屿；风干日曝盐味加，始灌潮波流成卤。"盐农日出而作，日落而归，烈日的白，加上一垄垄雪白的盐田相互间映照，像薄薄的一层碎冰反着光，晶莹剔透如落入凡尘的精灵。盐工们恪守着老祖宗留下的传统晒海成盐的技艺：晒海盐泥、收海盐泥、过滤卤水、晒盐、收盐。虽然制作过程耗时，流程复杂，但当盐工用铁皮刮板一刮，盐就像被犁开的土地，翻卷起来，用刮板拢成一堆，这细绵的劳动结晶就是"钱"。"洋浦盐田，潮汐钱"，这也是大海对勤劳洋浦人的恩赐。一盘盘的盐池以千年的沉静和庄重注视着沧海桑田，以历史的沉重和岁月的粗粝守着洋浦的子孙。饱蘸着那浓浓的盐水的画笔书写着盐的诗歌，在舌尖晕染出白莲一朵。我选择了《冬天里晒太阳》的纯音乐来朗诵此诗，舒缓的乐曲缓缓流过，仿佛时光流逝，沧海桑田。沙沙的白噪音如同阳光闪烁，隐隐的雷声略过，把人带回到大自然中，人和自然和谐共生。安然度日，岁月静好。

（梅艺千）

火山人家行吟（散文诗三章）

1. 火山清泉

一群人儿，神仙眷侣般怀抱一份情思，怀抱山水。

冲出城市的篱笆，撒欢。

在山坳坳，在灌木丛，撒欢。

此时，云淡、风轻。暑气未消。

此刻，山清、水秀。泉水叮咚。

多情的牛羊，进出围栏，如我们。

草地如天空般辽阔高远，在牧羊人的赶鞭之下，牧放蓝
天牧放白云，牧放羊山人家，也牧放旅人。

我在羊肠小道上，被这金子般的阳光照耀着的清流簇拥。

"清泉石上流，明月松间照"。

默念长诗短句，怀想古人今月。所有的愁绪随风飘散，
所有的向往在此留步。

阳光，挥洒在河边，很静。

我做一条鱼儿，可好？

品读：泉水带走森林河流山川的温度，它聚而无形，泉水头也不回
带着天然的古朴，它纯而无色，淡而无味，是天赐的礼物。湖平水静之

处，潜游水底，悠闲快乐。我选择了《泉水》的纯音乐版作为朗诵的背景音乐。弦乐声轻快跳跃，如阳光洒在水面，波光荡漾，与诗人一起感受山水的惬意。(梅艺千)

2. 火山石斛

石缝里长出一叶新绿，唤醒一片沉寂。

从山前到山后，从屋檐到院落，解开密封千年的密码。

浴火重生，淬炼山民的筋骨，咯咯作响。

这里没有椰风海韵，只有烈焰与干枯以及石缝里的泪水

灌溉着山民的汗水。

快乐于斯，痛苦于斯，幸福于斯。

父老乡亲们用滚烫的血液，重燃那些被风雨和顽石折断的梦想。

笑容，舒展了父老乡亲愁结的眉宇。

恰逢盛世，石斛花开。

我做一株石斛，可好？

品读：秦汉时期我国第一部药学专著《神农本草经》记载铁皮石斛："味甘，平。主伤中，除痹，下气，补五脏虚劳，羸弱，强阴，久服厚肠胃"。意思是铁皮石斛能够补益五脏，强健形体，滋阴。长期服用可增强脾胃功能，从而使人身体灵活，免疫力增强，延年益寿。铁皮石斛是石斛中的极品，被誉为中华九大仙草之首，可见其药用价值相当之高。近

千年来受到历代医家和医学典籍的推崇。从外观上看，石斛兰构造独特的"斛"状花形，以及斑斓多变的色彩，给人热烈亮丽的感觉。这般娇丽动人的石斛兰最初竟然生长在荒芜凋敝、寸草不生的悬崖峭壁的石缝间，人工栽培石斛对温度、湿度、阳光照射等都有极严格的要求。真可谓是用山民的眼泪和热血浇灌生存。石斛因其性能和特征，最为傣族人们所崇敬，并寄托了美好的愿望与情感，人们将它种植于自家的房顶上显眼的地方，如房顶中央，房檐上，象征着给人们带来新生和希望。在火山岩遍布地区的山民，更把石斛当作改变生活的希望，看着石斛花开，便望见了美好的新生，丰年盛世的到来。我选择了《仙草奇缘》作为背景音乐来朗诵，歌唱中有两句唱道"她是神仙下凡普度众生，他是祥云如意恩泽生灵"，这就是石斛的尊贵和美好吧？（梅艺千）

3. 火山草编

荔枝、龙眼。花梨、沉香。

这些大地的精华眷顾于此——火山人家。

别忘记还有那些不起眼的草芥与野花。

比如灯笼花。灯芯草，劲风不折，火烧不绝。

它们一个漂亮的转身，羡煞世人。

又有谁知道野草登堂入室是涅槃？是转世？

源于一名女子回眸再回眸，盈盈泪花款款痴情，脆弱又坚韧。

蒹葭苍苍，有位佳人生在火山人家，清泉河畔。

这些草芥，一茬一茬长进伊人心田。

她把天上的云彩编进田洋，再把阿妈的笑脸装帧门楣，馨香满庭。

放下顾虑，放下功利！

一根根携带参天梦想的小草，如同那些华贵名树，站成
一排，叙写光阴。

阿妈笑了，笑声擦亮火山人家。

我做一根灯芯草，可好？

2020 年 10 月 18 日

　　品读：海南荔枝是海南三大热带果树产业之一；龙眼俗称桂圆，是
海南著名的珍果之一；海南黄花梨因其成材缓慢、木质坚实、花纹漂亮，
始终位列五大名木之一。海南沉香是海南地道药材之一，堪称沉香药材
中的极品。火山草编，一根根普通的小草，平凡枝叶被注入情感元素后，
成为具有深厚传统文化气息的"传统非遗文化"东山草编，它的意义和
价值就与以上四项大地恩赐，火山地区出产的珍宝不分伯仲。草编技艺，
把草变成宝是劳动人民在生产生活中创造出来的智慧结晶，东山草编技
艺历史悠久，最早可追溯到宋末元初，以东山镇盛产的席草（俗称灯芯
草、古称蔺）为主要原材料编织日常生活用品，因而得名，是一份极其
宝贵的历史文化遗产。一位女传承人拜师学艺，不畏艰辛，把带着浓浓
东山印记的技艺在创新中传承下来。我选择了《如梦》纯音乐版作为背
景音乐来朗诵，一首音乐浓化出情深意浓，虽然只在吟唱，但心情都在
不言中，扑朔迷离的人生中，历练你勇奋前行，跌宕起伏的旋律中，空
远的气息大气磅礴，肩负历史使命，传承永无止境。人生短暂，盛世如
梦，恍然间烟消云散。虽平凡如草芥，也能开启精彩人生。（梅艺千）

草叶在指尖化为神奇
——致非遗"东山草编"

秋天。田洋里的风

很轻很柔，轻柔如蝉翼

我把时光宝盒打开

蜻蜓、蝴蝶、蚂蚱、风车、飞鸟

还有爱。鲜活起来，亲密起来

跃跃起来。那是童年编制的梦呵

甜甜的梦！盛满妈妈的体味

在指尖上飞舞

草香泼洒在落日的余晖里

沁入蒙尘的心房

胸膛翠绿起来，亮堂起来

芦苇、菱叶、马莲草、灯芯草

春天抽芽、夏天抽绿

秋天结籽、冬天结庐

如同我的青涩

渐次熟稔

渐次入仓

这秋天的风啊，很轻很柔

轻抚着错落别致的东山草堂

把阿妹的心，吹得涟漪旖旎

编、扎、缝、插、结、串、盘

一片片叶子在指尖尖翩翩起舞

舞出草席、草帽、草鞋、草垫、草篮

这古老的技艺呵

穿越时空河流

舞出万千宠爱

那个在水一方的女子呵

请允许我做一根灵性的灯芯草吧

你来续写蒹葭

2020 年 11 月 10 日

　　品读：草给人生机，充满了活力，充满了梦想，充满了希望；草看似娇弱，但是它有一种无与伦比的神奇力量和顽强的生命力。草编，可谓是门非常古老的技艺，最早可以回溯到结绳记事的上古时期，秦汉代时有了专门编织的艺人，草鞋、草席、草扇、蒲团等已非常普遍，大名鼎鼎的刘皇叔刘备，早年也曾"织席贩屦为业"。之后历经数朝数代，靠着传承人坚持不懈的努力，最终使这古老的手艺传承至今。传统东山手工编织技艺，运用天然植物编织给人们生活、生产带来方便，时至今日已不再是种谋生手段，而是传统工艺和文化的象征。它能留住乡愁、纾解乡思，唤起人们共同的文化记忆。草编被赋予了情怀——是童年时代编织的美梦。草的一生抽芽、抽绿、结籽、结庐，这种事实的虚化，与人的一生从青涩、熟稔、入仓的意象相对应，最终展示了这种古老技艺穿越了时空的河流，再次焕然一新的整体象征意境。草编传承人与草之间的眷恋深情，如同蒹葭诗中描绘的一般，盼之爱之。草编传承人因与草结缘圆了童年的梦，草因在水一方的女子重获了新生。沧海桑田变换间，草编技艺是传承人用汗水去浇灌，用心血去延续。与现代时尚相结合，并以全新的面貌焕发勃勃生机。我选择了木吉他指弹曲《风的诗》作为本诗的朗诵背景音乐。风轻柔地拂过草心，记录草的故事，写下草的诗行。又被风永不停歇地在空中吟诵。吉他是离心脏最近的乐器，弹奏出这些心声。（梅艺千）

低到海拔之下的爱恋

张爱玲说：爱一个人

低到尘埃里

我说：爱恋一片山水

低到海拔之下

是的。海岛人低眉

可以亲吻幽深、蔚蓝

抬头便可以飞翔，祥云做翅

台风做动力。若想

给大海赋诗，恐怕

很多灵巧的动词、优美的感叹句

也跟不上那些撒欢的鸟儿

奔腾的浪花、疯长的花草

以及赶海的人儿

2020 年 11 月 11 日

品读：张爱玲爱着胡兰成的时候说过一句话，当一个女子爱上一个
男子，就会变得很低很低，低到尘埃里去。这份爱让她在恋人面前感到
自卑，为了掩饰自卑，就故作高傲，围起一座高高的围墙，保护自己在

爱中不受伤害。诗人对脚下这片海岛家乡的爱，爱的深沉，爱深深刻入血脉。记忆中撒欢的海鸟、奔腾的浪花、疯长的花草、赶海的人儿……这些充满活力、生命力的美好景象就是这份爱恋的最好印证。这份爱可以仰天高声宣扬，也可以俯首深情热吻。低到海拔之下的爱便是对海岛故土最深情的诗意诉说。我选择了口风琴版的《那一年的海堤上》作为背景音乐来朗诵。口风琴既有口琴金属簧片轻快跳跃之感，又有风琴的圆润柔美效果。轻快美妙的旋律正是记忆中的快乐景象。（梅艺千）

来自故土的呼唤

——致兴隆咖啡谷

你把家国贴近北纬 18 度

把思念和期盼

凝结成一个个揪心的故事

世界很大

容不下你漂泊的小小心脏

你的名字

换成了归侨

在故土的山坳坳

滴落一地的泪花

咖啡花开

三天？三百三十三天

你把思念凝固成一壶壶的醇香

换掉游子思乡的泪滴

换成墨香，换成横竖撇捺

雕刻在石碑上

你成了归国华侨

你把沧海不变的容颜

定格在了北纬 18 度

一个写满故事的山谷
你用仄仄平平的词语
编织成一首首凄美的诗篇
晨钟暮鼓里回响

2020 年 11 月 15 日

品读：1951 年第一批马来亚归国华侨来到海南兴隆。兴隆这块儿地方原始森林生态保护非常好，森林覆盖率达 62%。空气新鲜，水源充足，具有种植咖啡的先决条件。归侨中许多人，在国外就有种植和饮用咖啡的习惯，他们将这种传统和习惯带到了兴隆，逐步影响了当地民众，从一家一户，房前屋后的种植，发展到集体经营成为规模。周恩来总理也因为喜欢兴隆咖啡为兴隆咖啡留下了一段人人传颂的佳话。由此这片山谷逐渐汇集了来自二十一个国家的归国华侨，经过几代人的努力使兴隆咖啡闻名海内外。如今的咖啡谷由最初的种植园逐渐打造成了生态农业庄园。北纬 18 度变成归侨们曾经深深期盼的梦中家园。祖国的强大，让炎黄子孙在任何地方都能扬眉吐气，也吸引越来越多的归乡游子。"衣锦周游，古人所重"。如果不是为了荣归故里，谁想远走他乡，年少慕远行呢？不见故乡辞别故乡春秋，离家千里游子，既是追梦人，也是流浪者啊。最终是咖啡的醇香换下了游子的思乡泪。兴隆咖啡更成为游子们新的荣光。诗中我仿佛看到酝酿醇香的咖啡谷，阳光穿透树林，斑影婆娑，微风抖动了枝叶，惊飞了歇脚的蝴蝶，潺潺流过的小溪，一望无际的咖啡树，空气中弥漫着醇香，如画般黛色的远山……我选择了钢琴曲《故乡的云》作为背景音乐。这首耳熟能详的曲子前奏一起就把人带入游子思乡的情绪中，体会海外侨胞们从心底深处对于家乡热土的深深眷恋和向往，更加感怀兴隆咖啡谷对游子的呼唤。（梅艺千）

筑巢引凤栖

——致凤凰太阳河书屋

多想借神来之笔

画一片万州的天空

穿过千年的眸子

倒映太阳河畔的山水人家

袅袅炊烟，书声琅琅

我的灵魂，静静地行走

行走在这山水画幕里

聆听潺潺溪流，鸟语花香

太阳河——一条静美的小河

荡漾在万州的怀里

漂洗着尘世的喧嚣与浮华

一阕宋词难于描摹的太阳河呵

你一睡千年，睡姿静谧而安详

我从尘世走来，弓下腰身

匍匐于你的脚下

拾起一些词句

喧嚣归于平静，浮华归于澄澈

我竖起耳朵，便可以听到河流的低吟

我放眼望去，便可以看到朝圣的脚步

我用青翠的碧绿，烹煮一壶新茶

摊开一纸书笺，临摹万年辞章

太阳升起的时候

我在太阳河书屋等你

2020 年 12 月 5 日

（注：万宁古称万州）

品读："生命之流若水，流过高山与河谷，流过沧桑与砾石，一站一站地奔向江海，在每一个因缘与相会中流过，不必积存；在每一次飘风与骤雨里流过，不必驻留。生而不有，为而不恃，功成而弗居，夫唯弗居，是以不去！"——摘自林清玄《上善若水》。诗人笔下筑巢引凤栖的太阳河书屋也如此这般上善若水，水善利万物而不争。我选配了韩国最擅长描绘爱情的音乐家 Yiruma（李润珉）一首经典音乐《流向你心里的河》作为朗诵的背景音乐。他的音乐作品里，展现了兼容东方的抒情与西方的典雅细致的音乐风格。轻灵的音符在蜿蜒流淌的小河里跳跃前行，潺潺水流时而平缓时而激荡，它在冰川的冬天里沉睡，它在山谷的泥沙中奔腾，它在春天的微风中苏醒。太阳河书屋——一条生命中流动的河畔书屋，浇灌干渴的灵魂，抚平内心的波澜。（梅艺千）

石梅湾恋歌

——致石梅湾九里书屋

石梅湾

你用爱情的青葱——青皮林

爱情的底色——洁白的浪花

漂洗我混浊苍老的双眼

原谅我的自私吧

我逃离一切的炙热或薄凉

把爱情的寄语——海枯石烂

海誓山盟抛进这一湾山水

我愿是你湾里的一片流云

在山海间荡漾

我愿是你岸边的一粒细沙

看，千帆竞渡

我不惧怕夕阳西下

晚霞会站成一排排瑰丽的诗句

惆怅也会随着浪花坠落

没有什么可以惋惜的

石梅湾

我母亲般宽广的怀抱

怀抱着这一湾海水

滋养着我的兄弟姐妹

我是你流浪的浪子

携带梦想出海

月朗风清时

提着浪花归来

秉烛夜读

2020 年 12 月 6 日

　　品读：印象中的石梅湾，海风轻抚着脸，望着天际线的那一方，仿佛
在讲述着一个蔚蓝的故事。静好、纯粹，海浪的尾声和清晨一样干净。看
流云慢慢沉醉着凝望它的海，可浮动的光影，耳边的鸟鸣，岸边深浅的脚
印。书屋与海湾之间犹如浪子与母亲般的深深羁绊。我朗诵配了一首《海
之恋》单曲无限循环，就如同海浪不息。此刻不需要风浪，也不需要方
向，就这般飘飘荡荡。海虽无形，但是它蔚蓝色的怀抱里，承载了多少人
的美好……浪子归来，我吹过你吹过的风，这算不算是重逢？（梅艺千）

那一滴滴醇香

——致兴隆猫屎咖啡

鲜花簇拥，白鹭飞翔

我们走在春天里

我们把希望种在幽深的山谷里

山坡上，咖啡花开

是谁把山谷的洞箫吹响？

一群猫仔闻声、跋涉、迁徙

谢绝他乡的挽留，漂洋过海

把家安在山的怀里

兴隆、兴隆

是它们怒吼的号角

咖啡馥郁，果香情浓

告慰被阳光晒枯了的父老乡亲

一缕缕灿烂的笑容犹如炽热的阳光

把收获的喜悦雕刻在山峦之上

白鹭舀起几缕水花

戏弄着水草里的番鸭

它们是一对鸳鸯?

这个冬天
阳光暖暖的
温暖着每一个岔口
那一滴滴醇香
如酒醉人

2020 年 12 月 6 日游览兴隆猫屎咖啡农庄偶得

贝壳

——致贝壳文化分享会

你的前身是有血有肉的
眼前的你是有灵魂的
我站在你的跟前
静静地欣赏着你的美丽
生怕碰坏你天使般的翅膀
成了维纳斯
可遇不可求

我起身向你投去注目礼
我把你的骨头放进神龛
犹如敬捧我的先祖

我在你面前赎罪
并企图洗脱我贪婪的掠夺罪行
还你海洋的荣光

2020 年 12 月 18 日

品读：贝壳是大海里的美神，有着圣洁的美，带着天使的荣光。泰戈尔曾说："爱不是占有，也不被占有，爱只在爱中满足。放下那颗执着、控制、占有的心吧，用一颗恭敬之心，真诚之心，去面对生活，将会更加自在、快乐。"用欣赏的眼光驱散贪婪，让心中因爱郁郁葱葱。我选择了中村由利子的钢琴曲《命运之爱》作为诗朗诵的背景音乐。旋律简约而精巧，清新又脱俗。单簧管和钢琴互倾诉与安慰，如同贝壳短暂的一生，与海之间爱的羁绊。（梅艺千）

海纳百川，呈览群书

——致海呈书店

久居海岛，久处不腻

我愿是大海里的一朵浪花

天空中飘荡的白云

足下的一处青翠

遗世独立

在这里

抛开炎热、飓风、暴雨

以及阴冷

在这里

我用诗情祭奠黑暗

让通灵的文字通灵心胸

在这里

我躲进百草园三味书屋里拾昧

把那个迂腐的落魄的书生长袍褪下

挥斥方遒

意气风发

在这里
何乐而不为?
躲进海明威的书斋做海的女儿
避开喧嚣，大隐闹市
信手翻开《归田园居》
仿佛躲进刘禹锡的陋室听王维的琴声
听苏东坡吟诵"大江东去，浪淘尽"
穿越汉唐与李杜对酒当歌
人生又几何

如若没有信仰
海鸥绝对折翅于琼州海峡
哪里知道南海的浩瀚烟波
太空奥秘无穷

我无法在康熙词典里
找到溢美之词将你放歌
放歌是我此时的心情

那就来一次次的心灵旅行吧
张开的帆一定能驶向彼岸
呈览群书

2020 年 12 月 25 日

品读：海甸岛有座书店叫海呈，在这里有远方，有姑娘，有流浪，有举目而望的烂漫星河，有一枕黄粱的千般思量，还有旅途，有梦想，有漫山遍野的风光，有立于泰山之巅时众山皆小的展望，有藕花深处惊起一摊白鹤的摇舟戏桨……一介凡夫俗子，满身污浊周身烟火，活得千篇一律，俗得百无聊赖。黑暗中寻找光明，呈览群书，构筑起绚烂的景象。我选择了石进的《夜的钢琴曲》配乐朗诵，纵使凄风苦雨，人力有时而穷，但婉转至低之处，又有内发生机不屈之意。不甘怨埋的婉婉抒发中转圜，再荡新的波澜，暗合天道归一、阴行之致而有阳始来之理，心在此刻寻到出路，心里的褶皱中开出奇异的花朵，散发出梦想的味道。

（梅艺千）

爱你呦

——写给蓝海人

一缕闲愁从城里飘来飘去

飘向万州乡村里的云端，被弹开

我们宛如千只雀鸟且歌且舞，击碎

陈年冰寒

爱你呦

我把对你的爱，当成此生的信仰

犹如这眼前汩汩流淌的太阳河水

绵延不绝

你是我诗行里追寻的韵脚

我要把你谱成曲

日日夜夜与山谷里的溪流

舞弄倩影

爱你呦

请跟往事干杯吧，让野趣踏碎愁绪

与青山绿水一起开怀生长

果香浓情

爱你呦

我吟诵，吟诵你给我写的诗篇

我放歌，放歌在澎湃的大海里

雪落下的声音连缀成蓝海的浪花朵朵

爱你呦

爱你呦

我在万州的山河湖海等你

守望来年春天的木棉嫣红

2020 年 12 月 30 日

    品读：有些表白，总能直抵内心最柔软的地方，让人忍不住感叹身处这充满爱意的诗社中间。不害怕那些炙热如火的喜欢会有冷却下来的时候。因为真正让人心动的是那些日常生活中润物无声的体贴与爱护。爱意也从不轻易表达，但如果你能听到，一定会讶异于它是如此的绵长，日复一日，从未消减。音乐能唤起人内心最深处最真实的感受，我选配了 *Kiss The Rain* 来朗诵，这是韩国最擅长描绘爱情的音乐家 Yiruma（李润珉）的作品，在静谧的夜里静心聆听，置身在这温馨、浪漫的旋律中，身心宁静而舒畅。在温柔的音乐里看见温柔的人，并被温柔以待。爱你呦！（梅艺千）

你是这样的美啊（组诗三首）
——写给南航人

1. 木棉红
——致敬南航海南公司

一次次的空中绽放

一次次的空中起舞

一次次地加足马力启航

每一次的归航

都是过往的荣光

海南建省时

你是出世的婴儿

国际旅游岛时

你是恰同学少年

自由贸易港时

此时正是

三十多架全新空客飞机

四十多条海内外航线

扎根海岛，依托大南航

在祖国最南端最前沿

坚守阵地

累计安全飞行一百多万小时

运送旅客八百多万人次

向海南省上缴税金十多亿元

你用硕果累累的数字

告诉我们，这就是行动

就是收获

火焰一般的木棉红啊

你怒放在浩瀚无垠的苍穹

把灿烂挂在云端

把汗水飘洒风里

木棉红最红

2020 年 12 月 31 日

（注：木棉花是南航的标志）

    品读：高霞的诗文有一种自传式的自然情感的流露，她把身边的创作材料作为一种心理过滤器。梳理焦虑留下美好。她的作品常常表达一种乐观、积极向上的内核，对生命的尊重、对生活的热爱在其间集中展现。诗文中南航的一次次开拓进取，坚持执行自己一贯的"安全"与"责任"，才能傲视群雄于蓝天之上。背景音乐我选择了南航的固定迎宾曲班得瑞的《月光水岸》。钢琴曲以夜为场景，将瑞士山林与天地间的自然静谧，转化成一首澄静心灵的不朽乐章。朦胧的月光下万物皆已沉睡，剩下的只有数不尽的浪花拍打着寂寞的海岸。正如经历喧闹奔波后，登上南航班机，听到《月光水岸》这一刻，内心一定是平和、淡然的，世界因此而平静，归途顺遂。在班得瑞的音乐声中得以歇息，相信经历月光的祝福后，临下机时心情一定是阳光明媚。也正如此诗所描述经历疲惫波折最终收获灿烂美好。（梅艺千）

2. 劳动者之歌
——致敬南航人

你是这样的美啊
在万里长空，你与大鹰竞渡
与云彩蝶舞
与风雨为伍

你是这样的美啊
在千米机坪，你与日月辉映
与寒暑说爱
与风雨谈情

你是这样的美啊

在百坪空间，你昼夜不停

协同上下左右

让航班有序地进行

安全与效益，在你们肩上挑

服务与质量，在你们行动里呈现

你是作风优良，技术过硬的飞行精英

你是铮铮铁骨，纪律严明的维修工匠

你是与时俱进，南航 e 行的营销能手

你是抢正点，只争朝夕的运控突击队

你是这样的美啊

一群群温暖朴素的知心姐姐

哪里有困难哪里就有你

身轻如燕的身影

海南岛的天空因你而出彩

你、你、你

用虔诚和守望

为海内外四方宾朋

燃起自由贸易港的长明灯

品读：万里长空中，展现了机组人员专业又亲切的服务，是民航企业的安全窗口，南航优质服务声名远扬；千米机坪上，感怀默默付出的机务人员，他们靠着踏踏实实的维修工作作风，换来了飞机的安全；百坪空间里，空管人员用过硬的专业理论知识和管制技能指挥飞机安全起降。这群人中有技术过硬的飞行精英，纪律严明的维修工匠，与时俱进的营销能手，协调处理紧急情况的运控突击队……劳动是拉动社会发展的纤绳；是帮助时代进步的阶梯。它使普通人变得崇高，变得伟大。人类要生存，民族要振兴，个人要发展，都离不开不畏艰辛，诚实劳动者。明代冯梦龙有诗云："富贵本无根，尽从勤里得。"劳动才能创造奇迹和未来。我朗诵的配乐选择了《我爱祖国的蓝天》的钢琴版，这也是电影《中国机长》里的插曲：我爱祖国的蓝天，晴空万里阳光灿烂，白云为我铺大道，东风送我飞向前，金色的朝霞在我身边飞舞，脚下是一片锦绣河山……在庆贺五一劳动节之际，让我们由衷地向民航工作者致敬，向全世界的劳动者致以崇高的敬意。劳动之歌永唱不衰！（梅艺千）

3. 共产党员之歌
——写在百年建党之际

春天的号角再度吹响
出发再出发吧
人民祈福的小康梦、复兴梦

你划着橹桨来了
你是舵手
你是航向

你是指引我们向新时代挺进的力量

永远在路上
新时代、新起点

你依然是搏击长空的天之骄子
你依然是俯首甘为孺子牛的维修工匠
你依然是爱国爱党服务大家的安全标兵
你耕耘
你收获
你是我们的楷模

今天
乘着海南自贸港的风帆再度启航
就让我们唱支歌
献给你这个时代最可爱的人

  品读：一样的青春，在不一样的时代，会有不一样的使命。毛主席的诗词中曾深情地问道：苍茫大地，谁主沉浮？他的回答无比坚定，是"风华正茂"的"同学少年"，因为党员是一股年轻的力量，是革命理想的象征，是新世界的开创者，只有他们才能"指点江山，激扬文字，粪土当年万户侯"；也只有他们，才能担负起"到中流击水，浪遏飞舟"的崇高使命。在同样的信仰力量下，孕育出的担当也让当代党员在一次次的挑战面前出色地完成了任务。他们爱岗敬业、积极上进、圆梦时代，不忘初心、牢记使命。在时代的浪潮下，党员们是奋进者、开拓者、奉献者，虽然前进的路上，总有逆境布满挑战，但是他们有朝气、有活力、有激情、有担当，他们是小康梦、复兴梦的缔造者、实践者，一定会给新时代里海南自贸港的建设交上一份满意的答卷。我朗诵的配乐选择了《唱支山歌给党听》。愿党树长青万古庇天下，祝愿党领导的祖国繁荣昌盛，人民幸福安康。(梅艺千)

第三辑　多彩万宁，发现之旅

题记：

己亥猪年夏日，荣幸得到海口市朗诵协会和万宁市文旅部门的邀请前往万宁，参加"多彩万宁，发现之旅"采风和演出活动。是日，海口朗协近四十余人欢聚在万宁的山水之中，参观几乎与共和国同龄的太阳河咖啡厂，在最美书屋石梅湾九里书屋举行"歌唱祖国"诗歌朗诵会，夜晚入住兴隆金叶桃花酒店。次日，继续万福万州之旅，前往海南第一山东山岭参观，并在山顶举行快闪摄影拍摄。午饭后，前往万宁北大镇文岭村集市进行"爱心扶贫"活动，大家尽兴满载而归。回至海口，感慨颇多，遂记几句，以示不忘万宁山水乡情。高山流水遇知音，霞云满天伴君行。诗作几首，以作念想……

1. 山里有个集市

文岭村，我们来了。

转过九九八十一道弯，一路颠簸，一路欢歌，向西，向西，我们来了。

阿哥阿妹身着节日盛装，恭迎热爱自然的人们，抵临文岭村。

陆游说：山重水复疑无路，柳暗花明又一村。

是的，酒香不怕巷子深，我们来了。

我拾起一枚感叹号，抒发湛蓝的天空和澄澈的溪流。

再拾掇一阕辞章，书写一方乐土，一片家园。

竹林涛涛，溪水潺潺，绵延无边绿意。

羊头牛尾，抖落贫瘠，把一缕炊烟一缕云彩带回家。

山歌唱起来，舞蹈跳起来，山栏米酒醉起来，山里的阿婆笑起来……

山货摆上。

左手一只鸡，右手一只鸭，怀里拥抱苍翠。

一沓一沓的红钞也换不来这山这水和这一沓一沓的乡愁。

我的乡音，从槟榔园里飘来……

品读：少无适俗韵，性本爱丘山。误落尘网中，一去三十年。城市经济的繁荣，发展机会多，生活配套设施齐全，吸引了各个年龄段的人，远离故土扎根城市生活。但五光十色繁花似锦的生活背后，也有诸多问题：过多的人口、交通问题、工业污染、各种压力、还有人与人之间因为缺乏理解而产生的各类城市疾病，也会让自小生活在城市里的人，去追寻心灵上的故土家园。暖暖远人村，依依墟里烟。狗吠深巷中，鸡鸣桑树颠。如诗如画的乡村田园生活，像磁石般吸引着人们远离都市的喧嚣，怀抱大自然，享受清新的空气，放松身心，感受淳朴宁静的舒适。行走乡间，在山水间释放最真实的自我，无拘无束的状态，慢节奏的生活，让人真正得到疏解。真是久在樊笼里，复得返自然。由此催生出了各种的乡村旅游。让城市里的人们来此品尝到大自然绿色，无污染的野菜，购买当地的土特产，参观民俗文化展示、体验农耕方式，这些一系列感受和经历，填补修复了心灵上的空缺，包括思乡的情愁。乡村旅游还是一项绿色产业，带动了当地的经济发展。让更多人不再背井离乡。乡音、山歌、舞蹈，在此流露和安放。文岭村，我们来了。我选择了《走过绿意》的纯音乐来伴奏朗诵。"绿钢琴"在当时开启了新世纪钢琴前所未有的"田园派"风格，优美而诗意的琴音，似有雨刚刚下过的感觉，树叶绿得晶莹剔透，在浓浓的青草香气中，仿佛能呼吸到充满透明感的空气，满满蕴含自然生命力。在清新优美的旋律里，一呼一吸都是乡间清香的气息。（梅艺千）

2. 海边有座书屋

临水而居，临水而坐，是你，是我。

最美书屋——石梅湾凤凰九里书屋，天涯咫尺。

你在南海之滨，山海之间，滋养着一方天地，成就四海宾朋。

一卷诗书，铺设精神领地，天堑变通途。

碧波万顷，远方就在眼前。

南海啊，

你骄傲的血脉里，奔涌着中华民族的圣歌。

你日夜哺育着琼崖大地，繁衍出万州山海之美，人文之美。

我多想携一簇簇南海之波涛，谱一曲曲高亢的歌谣，飘扬在海上丝绸之路，远航。

来吧，朋友。

这里有最深邃的蔚蓝，最雄壮的浪涛，最温情的呼唤，唤醒你困顿的灵魂，安抚你躁动的心，安静下来。

眺望远方，重读海南。

抵达精神高地！

品读：生活不止眼前的苟且，还有诗和远方。卡耐基说："人生如行路，一路艰辛，一路风景，你的目光所及，就是你的人生境界。"若诗为"意"，那么远方就是"境"。也就是说，"诗和远方"其实就是一种美好的意境。意境是中国古典美学的重要理论，是华夏美学的核心。道家思想里"反虚入浑"指的就是自我虚无化的体验而回返于雄浑的本体，透过忘我而达到，呈现出的是一种天地有大美而不言的"大美"。南海之滨，临水而建的书屋，正是这般"大美"。美在让心灵获得安慰，沉醉其中不能自己，成为精神寄托之所。梁晓声说："每一个人都有现实的家园，书本可以构建一个精神家园。"石梅湾九里书屋正是这样让人寄托的精神家园。现代社会信息科技越来越发达，人们随手拿起手机就可以博览群书。但只有低眉浅思，手执墨香，书中的文字似流动的画卷，缓抚书页，如触摸到作者跳动着的心脏和脉搏，与之有了交集。书卷中的意念这时才能化成一股无形之力，影响你的思想和心态。枯燥烦闷时，让你心情愉悦；迷茫惆怅时，让你看清前路；心情愉快时，让你发现更多美好事物。浸淫日久，心胸玲珑，见识广阔，自然语言有味，气质高雅，习染书卷气。一路前行，人生艰辛，但沿途不光是坎坷，也是风景。临水而坐，临水而居的你，才是这方天地间的大美之景。我选择的朗诵背景音乐是岸部真明的吉他指弹曲《海》，吉他轻快的弦音更适合书店的感受，不想打破这番安静。（梅艺千）

3. 东山岭再寻芳

你是否来过万州，遇见一座山峦，那里松柏叠翠，峭岩崖壁，石刻成群，墨香飞渡，宛如仙山佛国？

它是海南第一山——东山岭。

你是否登临瑶台东望，遇见一片海岸，那里蜿蜒逶迤，宛如一面明镜，镶嵌在南海之滨？

它是中国第一大潟湖——万宁小海。

你是否转山转水转至西，遇见万亩良田，那里稻谷飘香，疏果硕硕，它是万福万州。

那里，就是我出生成长的地方——万宁。

那里，渔人的欢心，与和乐蟹、后安鲻、港北对虾一起跳跃。

那里，农人的笑脸，氤氲于肥羊香茶之中。

那里，这里，唯有你登高望远，方能体味。

所谓"巧制冠巾分外妍，明霞缭绕在山巅"！三生三世寻芳菲

——东山之巅。

我的东山岭，请你登临再登临！

品读："海南第一山"的东山岭，由三座山峰相依而成。其主峰与两侧山峰相连，形似笔架，唐代时称为"笔架山"，宋代后改称"东山岭"。东南面是烟波浩渺的南海，东北面是盛产和乐螃蟹的小海。岭上自然风光秀丽，异洞神奇莫测，幽谷清泉逶迤绵长，人文景观奇特。东山岭佛

教文化源远流长，著名高僧大德鉴真法师第五次东渡日本未果，漂流至海南，鉴真率弟子专程来东山岭讲经弘法，佛音绕梁，三日不绝。东山岭摩崖石刻字体各异，大小不一。汇集了自晋朝以来，文人墨客留下的隶、楷、行、草等各类书体。其石刻之多、书艺之高、历史之久，称得上一部书法艺术全书。这些独特的自然风貌和人文景观之间紧密交融，形成丰富的东山岭文化。诗人的家乡正是在这样的文化圈里，登高远眺美景，静坐参悟佛法，提笔研习书法，下厨烹饪珍馐……叫人如何不深深眷恋这方山水？难怪诗中都要写"神仙移岱岳，领袖屹南溟"。登高望南海，心境豁然开。家乡的山，家乡的水，家乡的一草一木，家乡的亲人，萦绕在眼前。人间最痛失亲离苦，尘世更凄远故别伤。此去山川一行万里，何时垂首再吻家乡。一方水土一方情，都是生在心里的根。我选择了《风丘》作为朗诵的背景音乐，一缕从遥远山林吹来的风，携着花草香气、雀鸟鸣声，清爽而又自由，送来自然最温柔的问候。"若问人间逍遥在，风声之谷，客从山来。"风声千来处，便是三生三世的寻芳处，心上桃源，惫倦时的归憩之所……（梅艺千）

4.太阳河牌兴隆咖啡

人间草木皆有情，何况乎太阳河牌兴隆咖啡？

太阳河牌兴隆咖啡，我爷爷喝过，敬爱的周恩来总理喝过。

是二十国十万个归国华侨侨胞带回来的人间至味，甘、甜、苦、色、香……

是一段心酸苦涩然而奋进的时代种下来的甘果。

俗话说：靠山吃山，靠海吃海。

居住在东山脚下的万州先民靠放养东山羊野生鹧鸪茶谋生。

居住在万宁小海边的村民，几乎以打鱼为生。

那么居住在北纬 18 度东经 110 度的太阳河两岸的先民又如何为生呢？

一个阳光充足雨量丰沛充满东南亚风情的兴隆华侨农场应运而生。

于是乎，太阳河牌兴隆咖啡应运而生！

一个走过风雨拥有荣光的太阳河牌兴隆咖啡，

一个几乎与共和国同龄的太阳河牌兴隆咖啡，何去何从？

摆在每个关心它的人们心中……

2019 年 7 月 12 日

品读：读到《太阳河牌兴隆咖啡》，脑海中就浮现出这样一幅画面：一个老华侨戴着黑色金属圆框眼镜躺在摇椅中，腿上搭了一块格子羊毛毯，手里攥着一份报纸，旁边是热气腾腾的兴隆咖啡，小圆桌上的唱片机正在缓缓播放爵士乐，壁炉里是烧得通红的木块，氤氲一室的暖光。兴隆咖啡的历史感让人遐想连篇……咖啡甘、甜、苦、色、香。有意思的是世界三大无酒精饮品——茶、咖啡、可可，不是苦中有甘，就是甜中带苦。甜让人兴奋，苦让人铭记，甜是点缀，苦却是常态。让人忆苦思甜的正是一段心酸苦涩而奋进种下来的甘果。正像是鱼离不开水，咖啡的美味醇厚与音乐的舒缓美妙相得益彰，使人沉醉在浪漫的气氛中不能自拔。我选择了爵士乐历史上最伟大的萨克斯管演奏家 John Coltrane 的 *My One And Only Love*。歌中唱道："将我的灵魂放在火上烤，我给自己在甜蜜中投降，我唯一的爱"。听到此刻，那位老华侨会从报纸中抬起头了，想起陆机《董桃行》："盛时一往不还。慷慨乖念凄然。昔为少年无忧。常恡秉烛夜游。翩翩宵征何求。于今知此有由。但为老去年道。盛固有衰不疑。长夜冥冥无期。何不驱驰及时。聊乐永日自怡。贵此遗情何之。人生居世为安。岂若及时为欢。世道多故万端。忧虑纷错欢颜。"何去何从？不如顺水行舟。（梅艺千）

读者诗品

1. 读高霞的诗

文 / 北门吹雪

有一位诗人
她每到一个地方
都以少女般清澈的眼
对话时光里的微风
传递真挚
酿造清澈的诗句

很多人读了诗以后
慢慢被诗句灌醉

某一天
会溜去她游走的地方
朗诵清澈的句子

听众是天空
是大地
是时光里的微风

为了记住那里最美的样子

有人宁愿在那里老去

迎着微风　趁着醉意

朗诵清澈的句子

2. 读高霞的诗

文 / 星河

读你的诗

鲜活的风景在脑海中跳跃

读你的诗

酷暑下的凉风习习

如甘洌的清补凉

五谷杂粮

朴实而营养

是故乡的诗

还是诗中的故乡

一抹高天的云霞

飞升你的梦想

到至高的思念

是浮云对大地的表白

还有无垠的沃土

用一生耕耘

博取丰收的无悔

手捧佳作

与你共勉同笑

诗与诗人

非恋人可比

诗情画意

便是一场纯真的旅行

为你作诗

唯恐词不达意

在我的世界里

有你的眼睛

光彩照人

仿佛洞察人间

深情地普照大地

去花海追寻

追寻梦的真谛

东山岭、石梅湾

是山海与故乡的眷恋

邂逅一场细雨

串联起你我的距离

也叩响诗与远方的情怀

3. 高天流云飞彩霞
——读高霞的诗有感

文 / 周廷发

缕缕的时光

凝结成淡淡的乡愁

漂浮在故乡的脸上

微笑的感觉

像芬芳的花朵

绽放出浓浓的深情

我踏进无垠的花海

迷失在朦胧的山岗

温馨的大地上

一株株文字　排列成行

是小草、像大树

郁郁葱葱、葳蕤婀娜

心仪、垂涎

洁白的流云

牵着彩霞，由远而近

停靠在乡故的身旁

隽永的心事

把乡音童趣

请回爱的心房

于是乎　所有的过去
争相串门做客
倾诉自己款款的秘密
娓娓吐露的痴情
如春日的椰风
迷醉了故乡的风光

诗如霞　在远方
霞如诗　在心中

4. 读高霞的诗

文 / 缘

读你的诗
在每一个日子
看你忧伤看你欢喜
看你回眸浅笑，纯情又细腻
长发及腰，你就是你

古时　今夕
都是那么神奇
翻来翻去，放在手心里
心怀温暖，美含飘逸
相思有他，柔情是你

岁月含情，春秋含意

诗中有你，你中有诗

花香为谁守候？伊人花中旖旎

爱中有诗

美中有你

5. 赞诗人高霞

文 / 李杨胜

诗卷伴灯青，

人生性淡雅。

高端存远志，

霞赋寄秾稼。

6. 致诗人高霞

文 / 黄海

邂逅初逢幸识君，

飘然气岸笑靥迎。

唱彻乡愁情不尽，

粗览列绣味亦浓。

岁月悠悠悄然去，

人生步步向老行。

待到斜阳离山近，
回首旧事慰平生。

7. 读高霞的诗
文 / 种玉

（1）

后安小海发诗歌，
特色鲜明显嵬峨。
儿女情长情未尽，
情怀家国意尤多。
缠绵清照遗风在，
写景王维可咏和。
传统创新见范例，
修辞立意赏清波。

（2）

回眸一笑百媚生，
诗似其人风韵萌。
莫道青春容易逝，
美诗佳作伴君行。

8. 读你

文 / 段华

初次相遇

是在新华书店的司南空间里

那一天

我正在主持着清明节的雅集

和一帮文人墨客

在诗词歌赋中

静心小聚

偶一抬头

看到了台下用心聆听的你

身边紧挨着的是我们的大书法家

可敬的老师韩秀仪

猛然想起

她早就和我提起过你

高挑清丽的万宁美女

南航一朵独特的花朵

怒放着海岛独特的诗意

你走上台来

送上了你的诗集

我们一高一矮的合影

就留在了强哥的镜头里

从那以后

我们多次在各种读书会邂逅

偶遇……

我走近了你的故事

也走进了你的诗意

你的诗篇

没有华丽的辞藻

没有纷繁的赘叙

没有高亢的口号

没有虚伪的假意

日常的一草一木

普通的一点一滴

海岛的风土景致

家乡的人文气息

信手巧拈来

真性情

接地气

家乡

孕育了你

成就了你

家乡

将因你

而更加美丽

9.读高霞的诗

文 / 柯景润

　　读高霞的诗文都很有画面感。刚才为什么觉得收尾好，感觉那个画面，只有真情实感，才能写出那么有意境的诗句。能把自己的思绪，与那个独钓者融合起来，又加深了读者对整个画面的想象。好的诗句就是能让读者反复在想着诗中画面，诗中有画，容易让读者印象深刻。

附高霞的诗：

陵河的水

此时，暮春时节
微风吹软黄昏中的陵河
波光粼粼，水草相依
河边一老者，独钓岸边
鸥鹭或栖或翔

我独行在这样的清水河畔
陌生又熟悉
仿佛穿越时光隧道
做回一个陶醉的问路人
问这山风、这夕照、这云彩
这河边的芦苇花，这狗尾巴草

这是故土的草

我在这暮色里闲坐
犹如河中独钓者
把那一点闲愁啊
甩至河中央

10. 致女诗人高霞

文／林豪言

一个风雨后的诗韵与情调，沉着且奔放，如一个独特的南国红椰子，认人奢盼，饮醉不已。

我说过要收藏你的诗集，这是我对这片热土的诗人的一向的起码尊重。就不等你的游记了，一匹横跨风雨的枣马游历，厚重与浓墨重彩，让我先一睹你的诗行吧，让故乡的一只八哥尾随着椰风，在傍晚的微信红包雨里寄上一份自信。感谢有远方和瞭望。

一个女诗人的沉着与阔达，不是每个诗人都具备的，这需要根髓文化的熏陶和情感有机交融与酿造，才能灵脱出风雨后的独特的浓浓的秋月风韵。你就是！

写诗使人高尚，写诗令人敬仰，写诗让人年轻，写诗使生活有温度和饱满。读诗不仅让人投向清风明月，读诗更是举目于远方与风雨后的绚丽多彩。

祝福高天彩霞诗意人生！

11. 读高霞诗集《我在家乡等你》有感
文 / 王永建

后安小海呦，万泉河

该《记住乡愁》《让信仰之花，在尘世绽放》

歌唱《我的海南》

吟诵《父辈的精神家园》

火山口椒树下守望稻田《月是故乡明》

常品咖啡香《2021 第一咖》

走过《大半生》

唯有《诗意是万能解药》

我心《飞翔》《五指山》

把《我的灵魂刻在这里》

谁没有儿女情长《心肝尖儿啊》

该悟透《爱，是一场修行》

难得《于千千万万个生命中遇见你》

英雄花、鸡蛋花、三角梅《亲爱的，凤凰花又开了啊》

就这样《静静地看着，就好》

在短歌古风中，望乡时

填几首《心念之花》《等云开，等你来》

我在诗里抒发《我在家乡等你》

12. 等在家乡　心在飞翔
——读高霞诗集《我在家乡等你》第一辑

文 / 飞扬

"后安小海，我灵魂的栖息地"

"我在家乡等你""和故乡春天里约会"

"我以椰子树的名义""醉倒在三亚河里"

"转角遇见你""爱情从百花岭瀑布开始"

"我把我的爱一再压低"

"我的灵魂刻在这里"

"三十年梦"

"我有一小菜园子"

"一节甘蔗"甜了"乡村"

"蚂蚁交头接耳"

"我不觉得""我今天处在解放西"

"如果""念乡""故乡"就会"记住乡愁"

"乡愁"是"与海有关的诗句"

"2018，第一首诗"

写满"五月的情丝"

"去天涯海角寻你"

路遇"龙门激浪"

"世界与我无关"

"椰子树下的童年"
找回"我的村庄"
一个"油画里的小女孩"
已长成"油画里的大女孩"

"夕阳从天上下来的""月是故乡明"
"父辈的精神家园""让信仰之花在尘世绽放"
"黎母山之恋""黎母山谷咖啡香"

"朋友圈"里发现"我的第三只眼"
从"红树林"回到"高山村"
"我醒来了"
"五月,我用诗行打捞""海岛夏之恋"
"你在骑楼老街等我吗?"
我将用"深植家乡沃土的诗行"
——向你"飞翔"

（**注**：引号里的文字全部为高霞诗集《我在家乡等你》第一辑的诗文标题。）

作者"飞扬"：真名曾新友，是广东岭南诗社副社长、清远市清远诗社社长。

13. 遇见

文 / 许声军

认识高霞，是缘于万宁青路书堂陈总的介绍，便读了她的诗集《我在家乡等你》。读时，感觉到她的文字老辣而又有气势，未谋面，以为她是一位饱经人生百味的沧桑女人；见了面，却不料是个身姿活泼、笑语盈盈的年轻靓丽女子，纯真宛如一朵盛开的梅花。

高霞首部诗集《我在家乡等你》书友见面会，2019年5月18日晚在青路书堂举行。应邀参加这次活动，我见到了这位来自万宁市后安镇、久居海口的美女作家高霞。见到她时，就感到她和她的诗歌一样大气，"……你从渺渺星空走来 / 你是浩瀚天宇中最耀眼的星星 / 这是行星，太阳、月亮，三点 / 画成最圆的圆 / 围着地球一圈 / 又一圈"。这样豪气的诗句从如此秀美的她笔中发出，显得更加魅力十足。

那晚，她穿着一件蓝黑色的连身裙，白皙的肤色，姣好的脸庞，淡淡的妆容，一头瀑泉似的黑色长发，优雅而娴静，成熟中带有一丝纯真的美感，有一种神韵流彩却又淡定闲逸的味道。她笑着向前来参加书友见面会的文学爱好者打招呼，带点可爱，亲切而柔情。在南方航空海南公司工作的她，操一口非常标准的普通话，谈吐优雅，干净利落，是个充满智慧、灵性的女子，是"万州才女"。

在文友见面会现场，诗友们聆听着高霞的故事，感受着她的人格魅力，近距离与高霞分享诗词之美。她还向母校万宁中学墨荷文学社的孩子们传授了一些诗歌、散文写作的方法与技巧，且声情并茂地朗诵她诗集中的《后安小海，我的灵魂栖息地》《椰子树下的童年》《又见青梅挂枝头》等几首诗作。

这个嗅着泥土的清香与闻着蔬菜的气息，从万宁农村里走出来的女子，凭着大自然所赋予的灵气，以及对诗歌的爱好和执着，走进了文学的殿堂。一缕风、一片叶、一朵花，都能成为她笔下灵动的诗行。她没有停留在文学爱好者的层面上，一路走来，一路沉淀，没有自我封闭的狭隘，也没有自命清高的文人特质，她思考多，眼界广，勤练笔。文笔清纯与哲理相得益彰，品质里博爱与悲悯缓缓流露。她的语言表达，仿佛万宁的地理形貌、万宁的神奇传说、万宁的开发前景，全部勾勒固化扎根在她脑海里，信手拈来，侃侃而谈，声音如同她的人一样柔美温婉。让我不由想起她的诗句："……为了这一天见你 / 还是要望你远去的背影 / 消失在无边的夜"。

通过阅读高霞的诗集《我在家乡等你》，使我了解高霞的才学和品学，更好地结交为文友，隔屏促膝交谈，进而达到在诗词创作中向她学习，提高鉴赏水平、陶冶情操、净化心灵的目的。

虽然与高霞只见过一面，却感觉如老朋友一样，可以尽情倾诉，这大概就是有缘千里心相通的缘故吧。

我与梅艺千的相识

大家都知道这个庚子年非同寻常！我这本诗集原本是想录用我近两年所写的小诗和近几年所记录的小文，也就是庚子年前后所写的文字。

因为机缘巧合，梅艺千老师把我上一本诗集（共二百首诗）通过荔枝电台全部朗诵完毕，又接着朗诵我这一年来一些发表过的没发表过的诗文，并且尝试结合乐理知识来写诗评，这对我一个普通作者来说真是莫大地荣幸！每晚临睡之前，我们俩通过诗歌在电波里交流，每天早上我都会把我的诗文，连同梅老师的音乐诗朗诵和她对诗的解读文字一并发送到朋友圈和我俩比较熟悉的几个微信群，得到大家的认可与跟随。因此，我决定出版此本集子时在每首诗的末尾附上梅艺千老师的品读文字，以飨读者。

也许正因为这样的诗评是这样写出，通过朗读和配乐写出她自己的见解。因此，它比许多应作者或者出版社之请，刻意炒作或敷衍塞责的所谓"诗评"，要真实得多，也贴心得多。梅艺千老师告诉我说：她最喜欢做的事，就是白天忙完繁杂之事，夜深人静之时，靠着书桌，沏一杯清茶或是倒一小杯红酒，听着音乐读几首诗，完全是一种神仙的感觉。她就是在这种状态下读我的诗歌，读到兴致浓了必须写下几句才能释然才能安眠。这样一来一回，她便写下来这上百篇读诗感悟。

因此在这里我特别向读者推荐梅艺千老师这些有温度的文字，在征得她同意的前提下，将其收入我的这本诗集之中，作为作者我深感十分地荣幸！

关于我和梅艺千的认识，我想絮叨几句：

那是在两年前，在省图书馆的读书朗诵会上，因为我喜欢图书馆那样的读书读诗氛围，因而时常光顾。有时候是别人朗诵我的诗歌，我作为听众坐在台下，有时候我也上台练练胆子和普通话。在每周一次的音乐厅朗诵舞台上，我注意到一个美丽优雅又充满活力的年轻妈妈，总是带着两个娃一起过来，有时候是她一个人上台朗诵，有时候是她和娃一起朗诵，有时候是一家四口，特别假日还会看见她们母子穿着汉服朗读国学经典。我深深地被这样的家庭组合所吸引，被她们坚持朗读所折服，主儿就是梅艺千。

于是，这个艺术家的名字深深刻在了我的心里。

因为疫情，图书馆停办诵读活动半年，到了下半年疫情好转，再度开诵。在省图诵读协会举办的一场朗诵会上，因为朗诵我的诗歌比较多，几乎成了我的专场，于是我给每位朗读者赠送我的诗集作为答谢，其中就有梅艺千母子。有些人拿到书可能就丢失不知去向，但梅艺千如获至宝，她说要宣扬本土作者，准备把我这本诗集一首一首读出来，我以为她只是说说而已，没有当真！但她真的每天读起来了，第一篇是从长长的序开始读，足足用时一个小时，当时我听完，无言以对，真有这样的有情人啊！于是，她每晚五首，四十天过去了，读序、读后记、读别人写我的诗评、读完我的二百首，可以说一字不落地读完了我的诗集。

随后她在微信里很认真地对我说，先泛读，接着她要挑选一些来精读。她不但这样说真又这样干起来了，每读一首都是特别精选配乐还结合音乐点评解读诗歌，她用诗一般的语言写下一篇篇优美的文字，这也大大地提高了我对音乐的鉴赏以及写诗的延展能力。她的知识贮存量之大涉及面之广令人叹为观止！她如此真诚记录下来对于听众和读者也是一种艺术熏陶吧？诗歌不就是诗和歌的结合体吗？

是为感谢记之。

辛丑牛年二月二记于恒福居

　　梅艺千，毕业于清华美院服装设计专业，曾就职于国内知名服装品牌从事服装设计数年，之后开办公司代理各类服装品牌，商海沉浮近十载。而立之年诞下长子，回归家庭，现为俩男宝的专职妈妈。希望在物质生活得以满足的情况下，更多地追求精神层面上的生活。画画、写字、读书、朗诵、旅行，参加各类艺术结社，现为海南省诵读学会会员、蓝海诗社副秘书长。不惑之年，在日常生活中营造艺术氛围，追寻生活的意义，感悟内在的生命力，实现自我的成长。

诗念那片海
——《木棉花开的春天》（跋）
拍格

    高霞请我为她的新诗集《木棉花开的春天》写跋，我真有点受宠若惊。我读过唐诗宋词元曲，读过徐志摩、艾青、臧克家、汪国真等近现代诗人的诗歌，但为诗集作跋还是第一次，且我对诗歌也少研究，写不好还会引来怨声。

    几年前，在朋友群里有一个女性群友关注我发的信息，这个微信名叫"小海"的朋友与我交流几次，我发现她是出生在海边的同乡人，她姓高名霞，料必她是万宁市后安镇安坡人，果然不出我所料。因我在后安有过一段生死经历而引人注。那是二十年前我的工作联系点在后安镇，轮流到金星、安坡、潮港村作"三同"（即同住同吃同劳动），参加了一次抗洪救灾工作，经历生与死考验。驻村期间，我住安坡村高霞的堂叔高芳美书记家。每天早晨走出大门就看见港北小海，那碧波、渔船、渔网和渔民身影，深深地镌刻在我记忆的碑石上。我生长在港北小海西海岸，而高霞家住在小海北海岸，可说是海的儿女，有到小海抓鱼、踩蟹、捞江蓠菜、游泳的经历。高霞就在小海边出生长大，直到后来上大学工作离开小海家乡，她对小海的理解比我更深刻，所以我对高霞有一种老乡亲切感，也愿意为她的新书尽微薄之力。

    读了《木棉花开的春天》全稿，我仿佛闻到了家乡泥土的芬芳，嗅到家乡港北小海的海蜇腥味。高霞对小海的认识和情思，产生的乡情、亲情、友情很浓，这种情怀都在诗中体现出来。她在诗中用了一百一十九个"海"字和七十九个"春"字作诗，以寄托她的故乡情怀，与古人作诗有一个共同之处。唐诗三百首中用九十六个"月"字，宋词三百首中用了一百零九个"月"字，元曲三百首中也用了六十九个"月"字，可以看出诗人对月的钟情。同样，也反映了高霞对"海"对"春"的情思程度。她的诗有春风、春思、春景、春梦的意境；又有海风、海浪、海景、海韵、海梦的情怀。因此，她的诗如春风拂面，让人凉爽，满面春意；她的诗又似海花、海浪、海魂，直剿人心，让人热血沸腾，心潮澎湃！

文学作品的其中特点是感人，有些催人泪下、催人奋进，培养情操；有些振奋人心，让人热血沸腾，收到鼓舞人、激励人的效果。但也不排除一些描写风物风情的文学作品，它让人读后心情舒畅，浮想联翩。高霞的诗就有以下几方面的特点。

其一，乡愁强烈。如《春耕》中，"这一刻／我多想泼墨一幅水墨画／吟诵一首关于春天的歌谣／关于我的国我的家。"抒发了作者家国情怀。在《木棉花开的春天》中，"我把千枝万权的芬芳分成三份／一份给我隔海相望的北方／一份给我生养的爹娘／一份给我自己"。在《我此刻站在潮头，为你歌唱》中，"我此刻站在潮头，为你歌唱／用我的诗、我的情和来自大海的力量"。表达了作者用诗来怀念家乡和家乡的海洋。还有《木棉，木棉》《苦楝花开》和《我在家乡等你》一书中的"小海，我灵魂的栖息地"等，都是对家乡那种深沉的爱的最好表达。

其二，亲情深厚。在高霞的《小海意象》诗中，我看到家乡小海波光粼粼，渔火通明，渔歌晚唱的景象，还闻到"和乐蟹""后安鲻""港北对虾""万州沙虫"的芳香。万宁流传这样的歌谣："喝鲜鱼鲜汤，胜过仁参燕窝。"可见，小海的鱼多么鲜美香甜，味道独特，营养丰富。她在诗中这样描写："小海，如我温婉的母亲／脸庞上波光潋滟……小海，如我瘦弱的母亲／眉宇间布满愁云……小海，如我刚毅的母亲／心头充满力量……"作者采用拟人的手法，把小海比喻为母亲来述说，让读者看到母亲的温和、勤劳、善良、忧愁和坚强，这是作者对家乡小海和母亲的双重情怀，诗思、诗念、诗情、诗意、诗味就在其中了。

高霞用"海"与"春"为主要词汇来作诗，有她的追求、寄托和目的，一方面可以看出她以诗倾诉对家乡的小海和春天的景色无比热爱和眷恋，另一个方面可以看出她以诗抒发对养育她长大的父母无比爱戴和怀念之情。因此，高霞把景物、乡情、亲情、友情和爱情贯穿于诗的全过程，使诗中流露出自然、潇洒、飘逸、委婉、忧伤等情感，这与她的热情、爽快、大大咧咧的性格有关，读来既有同情的共鸣，又有亲切、温婉、振奋人心的感觉。

我认识高霞时间不长，得知她自 2015 年秋女儿上大学后，才有时间投入文学创作，身为人妻人母，照顾好家庭是天经地义的孝道。她选择文学道路，从此开始新的人生。她自 2019 年出版了《我在家乡等你》首部诗集后，至今仅两年，又出版新诗集《木棉花开的春天》，我从中看到她的进步。现在她创作热情高涨，举办的诗歌朗诵等活动频繁，整天忙碌，累得喘不过气。然而她不顾一切，风风火火地干她热爱的事情，孜孜不倦地以诗歌宣扬小海文化，抒发家国情怀，相信她会取得更好的成绩！

（2021 年 7 月于椰城蓝水湾）

郑立坚，笔名拍格、雷鸣，海南人，中国作家协会会员、海南省作家协会会员、海南省书法家协会会员。著有《山海之间》《天地之间》《花的况味》等四部文学作品。

后记

　　每个春天如期而至，每年的春天木棉如期花开。一天又一天，今天我终于下决心把第二本书整理整理了，但并不是去年说的游记，而是这本诗集。得之我幸！也是不幸！为何？

　　在 2019 年的春天我把我的第一本诗集正式出版了，很想一鼓作气整理旅行游记在年底也把它整出来，但 2019 年一整年工作之余都在忙于编发海南诗社的公众号，同时也在忙碌着销售、邮寄自己的诗集，忙忙碌碌到了 2019 年的年底。

　　不曾想 2020 庚子年的春天，半路杀出程咬金！从天而降一场大疫情，整个中国甚至整个人类都是春殇！大家都在抗疫，我也不例外。有人闭门不出，有人还要深入一线"战"疫，我是在一线上班，算是战"疫"吧。在工作与家之间基本上是两点一线来回跑动，在空闲的时日写了二十几篇日记，我真实地记录了不平常日子里的日常，此两万多字的抗疫日记将在以后的文集中推出。

　　庚子年上半年抗疫，下半年国内疫情好转。一个机缘巧合促成蓝海诗社的诞生，我是牵头人，组织、策划各种读书会和出外采风活动，前前后后又忙碌半年多，直至 2020 年底。疫情又再度反弹，全国人民再度抗疫，鼓励窝家。我除了必要的上班，再次宅家闲读赋诗，一月下来写了几十首短诗和一些心灵拾句。

　　这个庚子年有两个立春，我再次在庚子年的第二个立春日（2021 年 2 月 4 日）重启书稿的整理。本书主要就是两个立春前后的一些诗歌习作，基本上是感叹生命的无常、季节的轮换、大自然的美好。我旨在讴歌一种生命力，向阳的生命力！我的诗作里多见木棉花这个意象，木棉花别名英雄花。著名诗人舒婷这样借木棉花来拟人：

……

> 我有我的红硕花朵，
> 像沉重的叹息，
> 又像英勇的火炬，
> 我们分担寒潮、风雷、霹雳；
> 我们共享雾霭、流岚、虹霓。

……

是的，我与你们共享地球共享诗歌。没有过不去的冬天没有到不了的春天！看，旷野里、道路旁，木棉花竞相怒放，火红热烈给人间带来希望，春天来了。鉴于此，我选用我写春天的一首诗《木棉花开的春天》作为本诗集的书名。

在此，我要特别感谢清秋子、郑立坚两位老师在繁忙的写作任务之中抽空指导我的写作与阅读，并为此拙作作序。也借此感谢蓝海诗社的同仁们给予我的大力支持与鼓励！

在本书的大部分诗歌的末尾处，我附上梅艺千老师的品读。她每晚坚持朗读我的作品已近一年了，她对我说：只要你坚持写，我就坚持读！这对一个作者是多么大的鼓励啊。难能可贵的是在 2021 年开始朗诵的每一首诗除了精心挑选音乐还特别用诗的语言、哲人的思想来解析，她的一日一诗一诵一解读刷亮了朋友圈。借此对梅老师道一声：辛苦了！有心了！除了附有梅艺千老师和韩双印老师的品读，也附上其他诗友的赠诗。如此——附录，算是对鼓励我写作的文朋诗友的一点谢意吧。友人们的文字温暖着我激励着我，温暖着木棉花开的春天。

有你们真好！

高霞

辛丑牛年正月十五于椰城恒福居